ボーゼス領第二次輸送商隊、出発！

「やっぱり、5人かなぁ……」

「何が5人なの？」

「いや、私、コレットちゃん、サビーネちゃんで、3人でしょ。あと、候補としてはベアトリスちゃん、レフィリア、みっちゃん2号、ゲゲゲ姫とか……。まぁ、孤児院の子とかから選抜してもいいんだけど……」

「だから、何の話なのよ！」

「いや、パーティーというか、チームというか、そういうのを考えていたんだよね、5人くらいの」

「……」
「やる！　私、加入するよ!!」

CONTENTS

Saving 80,000 gold coins in the different world for my old age

老後に備えて異世界で8万枚の金貨を貯めます
Saving 80,000 gold coins in the different world for my old age
8
Author:FUNA
Illustration:モトエ恵介

Saving 80,000
gold coins in the
different world for
my old age

DESIGN：ムシカゴグラフィクス

第七十二章　輸送商隊

「ど、どどど、どうして……」

「いい経験になるし、ミツハがついていれば安心だから、って！」

しまった、私がベアトリスちゃんをひとりでそんな危険な旅に行かせられないのを承知で、嵌《は》められたああああぁっっ‼

14歳の女の子に、むさい男ばかりの輸送商隊と一緒に10日近い旅をさせられるわけがない。

そうなると、私が一緒に行かざるを得ないということは、当然お見通しだろう。

そして私が同伴していれば、本当に危ない時には転移で簡単に逃げられる。これほど安全な旅もそうそうないだろう。

ベアトリスちゃんの、おそらくは人生で最初で最後の大冒険。しかも、絶対安全。

そして私との親交が更に深まり、ボーゼス家にとってはいいことばかりで、デメリットなし。

やられた‼

いや、賊に襲われる確率はすごく低いし、魔物も、雑魚しかいないとは思う。

でも、危険がいくら小さくても、万一、ということがある。

そう、最悪の事態となる確率は、決してゼロじゃない。いくら低い確率ではあっても、それは決して『ゼロ』じゃないんだ。

そんなの、看過できるわけがない。

それに、そもそも男ばかりの輸送商隊に、こんな可愛い女の子がひとり交じっていたら……。

襲われる、とは思わない。

さすがにそんなことをすれば、ボーゼス伯爵家が全ての戦力と財力を投じて、地の果てまでも追いかけ、追い詰めるであろうことは、馬鹿でも分かる。そして一族郎党、全て拷問の末、皆殺し。

それくらいは覚悟せねばならないということも……。

だから、それはないとは思うけれど、まぁ、アレだ。ベアトリスちゃんはとっても可愛いから、ほっぺを突《つつ》いたり、こっそり髪に触ったり、色々とその、不埒《ふらち》な真似をする者が出ないとも限らない。

いや、出る。きっと出る！　少なくとも、ひとりは絶対出る！

……うん、私だ。

いや。

いやいやいやいやいやいや！

それは置いといて。

回避策は……。

「ないよ」

あ、ソウデスカ。

「って、どうして……」

「口に出てたよ」

あ、ソウデスカ……。

＊　＊

そういうわけで、ボーゼス伯爵領第二次輸送商隊である。

荷馬車の列の一番後ろには、私の特製馬車と、白馬シルバー。

そう、王都から転移で持ってきたのだ。

荷馬車は積み荷満載で、それに乗るなら、荷の間に潜り込むようにして乗らなきゃならない。

勿論《もちろん》、荷馬車には高性能のサスペンションが付いているわけじゃないし、ふかふかクッション付きの座席があるわけでもない。

そして、ショボい鞍《くら》がついた馬とか、徒歩で随行とかは、勘弁してもらいたい。主に脚とか股関節とかの耐久度の問題で……。

となると、出番が少ないシルバーと、地球製の特製馬車の出番となる。

一頭立てだけど、特製馬車は軽いから、私とベアトリスちゃんを乗せて荷物満載の荷馬車についていくことくらい楽々だ。

ちゃんと馬屋が経営している牧場で世話してもらっているから、食事も運動も万全のはずなんだけど、やはり本来の飼い主と一緒に仕事をして役立てるのが嬉《うれ》しいのか、やけに張り切っているなぁ、シルバー……。

用事がなくても、もっと頻繁に会いに行ったり、乗り回したりしてあげようかな……。

「ボーゼス領第二次輸送商隊、出発！」

「「「「「おおおおぉ～～っ!!」」」」」

ノリノリのベアトリスちゃんの号令に、大声で応える商人と護衛の皆さん。

そりゃまぁ、領主様の娘が同行し、それをお護りするなんて光栄な仕事、普通の者には一生に一度すらないだろう。

しかも、ボーゼス伯爵様は領民に慕われている善《よ》き領主様だ。おそらく、自分の命を盾にしてでもベアトリスちゃんを護ってくれるだろう。

……いや、まぁ、いくら善き領主様とは言っても、ベアトリスちゃんを見捨てて逃げ出した護衛には、さすがのボーゼス伯爵様もアレだろうしね……。

この輸送商隊には、商人達も同行している。……というか、ボーゼス伯爵領の商人達が仕立てた商隊、ということになっているのだから、当たり前か。

本当は、ボーゼス伯爵様が取り仕切り、実務部分を任せているだけなのだけど、それでも充分な稼ぎになるし、王都の商人達に大きなコネができるため、その立場を巡って熾烈《しれつ》な争いがあるらしい。

……ま、御用商人みたいなものだから、そりゃ眼の色変えて参入争いをするよねぇ……。

ただ荷を運ぶだけならば商人が同行する必要はないかもしれないけれど、王都で商談をしなきゃならないらしいから、領地の店は大番頭に任せ、商店主自らが同行しているとか……。

田舎領の小さな商店が、他国、それも『雷《いかずち》の姫巫女《ひめみこ》様』の母国からの輸入品を抱えて、王都に殴り込み！　そして、王都の大店《おおだな》相手に強気の商談をぶっ込むのだから、商人達の鼻息は荒い。

商人は、前回の、第一次輸送商隊に参加した者もいるし、今回が初めての者もいるらしい。

どうやら伯爵様は、最初から特定の商人を取り立てるのではなく、多くの商人に機会を与えるつもりらしかった。

……うん、さすが、ボーゼス伯爵様だ。

で、その結果、どうなるかというと……。

「ベアトリス様、どうぞこちらへ！」

本来、昼食は簡単に済ませて、少し食休みしてから出発するものだ。移動中の商隊は、昼食にお金や時間を掛けたりしないし、少しでも距離を稼ぎたいし、そしてこれから揺れの大きい馬車で揺られ続けるというのに満腹になりたいと思う者なんかいるはずがない。

勿論、護衛達は命が懸かっているから、仕事中に満腹状態になるような馬鹿や間抜けはいるはずがない。……もしいたとしても、そういう者はこの商隊には雇われない。

しかし、昼休憩のために停止してからかなり待たされた後、私達が呼ばれた先には……。

純白のテーブルクロスがかけられた折りたたみ式のテーブルの上に置かれた、ティーポットとカップ。そしてお皿の上には、前菜《オードブル》らしきものが載っている。

「……これで全部なの？」

ベアトリスちゃんが、不機嫌そうな顔でそう言った。

「とんでもございません！　勿論、この後に次々とお料理が……」

満面の笑みを浮かべてそう説明する、商人さん。

……アウト！　アウトオオオォ～～！

あなたは、ベアトリスちゃんのことが全然分かっていない。

いや、まぁ、今朝会ったばかりなんだから仕方ないけどね。

「商隊の人達全員が、同じ物を？」

ほらぁ……。

「い、いいえ、勿論そのようなことは……。ベアトリス様とヤマノ子爵閣下、そして交代で陪席させて戴きます私共のうちのふたりが同じものを食べさせて戴き、その他の者は普通の食事を……」

当たり前のことです、というようにそう説明してくれた商人さんだけど……。

「では、そこのあなた！　そう、あなたです。こちらへ来てください」

突然雇い主である商隊の隊長、まだ未成年の可愛い貴族の少女に呼び付けられて、眼を白黒させながら、『俺？　本当に俺？』というふうに自分を指差している、24～25歳くらいの護衛の男性。

いくら食べるものが違うとはいえ、雇い主より先に食べるのはマズいと思ったのか、他の者達もまだ食事は始めておらず、その男性は地面に座り、その前にはまだ手付かずの堅パンと肉の切れはし、野菜が載った木皿と、スープがはいったカップが置かれていた。

ベアトリスちゃんの意図は分からないものの、慌てて手招きして、その護衛の男性を呼び寄せる商人さん。

そして、自分の昼食をその場に残し、何か不始末でもしでかして商隊長を怒らせたかと、びくびくしながら歩き寄ってきた男性。

その男性に向かって、ベアトリスちゃんが……。

「あなた、私の代わりに、商人の皆さんとここで料理を食べて下さい。私は、あそこにある、あなたの昼食を戴きますから」

「「「……は？」」」

ベアトリスちゃんが言ったことがまだ脳内に染み込んでいないのか、ぽかんと口を開けたまま立ち尽くす、ふたりの商人さんと、護衛の男性。

……まぁ、ベアトリスちゃんという子を知らないなら、仕方ないよね、うん。

「……な、何、を……」

ようやく、商人さんのひとりが再起動した。

しかし……。

「私は、輸送商隊がどのような行動をし、そして商隊の人達がどのような仕事を、どのような苦労を、どのような生活をしているかを知り、改善すべきことがないかを考えるために、皆には煙たがられるのを承知で、今回の同行を父にねじ込んだのです。

なのに、特別扱いをされては、何の意味もないでしょう！

しかも、今回は行程を1日短縮するための試行として、今朝は夜明け前に出発したというのに、まさか私達に豪華なコース料理を食べさせるために時間を無駄にしたとかは言いませんよね？」

「あ……、う……」

蒼《あお》い顔の、商人さん。

うん、ベアトリスちゃんは、こういう子なんだ。

いつもは『ちょっと我《わ》が儘《まま》な、甘やかされて育った貴族のお嬢様』なんだけど、あのボーゼス伯爵様とイリス様の子供だよ？　あのふたりと、優しく聡明《そうめい》なテオドール様、そして普段はお調子者だけど、いざという時にはカッコいい……、って、無し無し！　今の、無し!!

……アレクシス様達に囲まれて育ったんだ。そのあたりの、普通の我が儘お嬢様とは違うよ。

「じゃあ、私は、ええと……、そこの、あなた！　あなたにお願いしますね。お皿とカップはそのままで、こちらへ！」

うへぇ、と、嫌そうな顔をしながらも、仕方ないか、というように、こっちへと歩いてきてくれた、34～35歳くらいの、渋いおじさま。

私は、別にコース料理でも良かったんだけど、この場面で、そういうわけにはいかないよねぇ。

残念……。

「では、以後、私のために時間を無駄にしたり、余計なことはしないように。私も、皆と同じものを食べ、同じように生活しますので。

では……」

そう言って、さっさと先程の男性が置きっ放しにしている昼食のところへと歩いて行き、そこに座り込むベアトリスちゃん。

勿論、馬車での長旅に派手なドレスとかを着ているわけじゃなく、動きやすく丈夫な服なので、地面に座っても大丈夫だ。

私も、おじさまの分の昼食を回収して、ベアトリスちゃんのところへ。近くには、他の護衛の人達が呆気《あっけ》にとられたような顔をして座っている。

「さ、皆さん、食べましょう！」

そして、ベアトリスちゃんの言葉に、ようやくみんなが食事を始めたのだった……。

さっき最初に商人さんが私達を呼んだ時、『ベアトリス様、どうぞこちらへ！』って言ってたよね。

うん、そういう扱いなんだ。

この商隊では、私より、ベアトリスちゃんの方が扱いが上。

いくら『雷の姫巫女様』とか女子爵様とか言ったって、所詮私は彼らにとっては隣領の領主。

それに対してベアトリスちゃんは、彼らにとっては自領の領主様であり商隊の編成者であり積み荷の卸元であるボーゼス伯爵様の、眼に入れても痛くないほど溺愛している娘なんだ。

そして当然、この旅が終わった後、その詳細を伯爵様に報告するのはベアトリスちゃんだ。

もしそこで、信頼できる誠実な商人として自分の名が挙げられれば。そして逆に、いけ好かない商人として、自分の名が語られれば。

……そりゃ、いくら機嫌を取っても銅貨1枚の得にもならない隣領の下級貴族なんか、優先順位が遥《はる》かに下になっても仕方ないだろう。

いや、勿論、無下に扱われているわけじゃない。私も一応、『救国の大英雄、雷の姫巫女様』なんだからね。

でも、先の条約締結のための大遠征とかで、私は馬車での旅には慣れていると思われているし、ベアトリスちゃんは、如何《いか》にもか弱そうな、ふわふわのお嬢様だから、みんなが必死で世話を焼こうとするのは仕方ない、うん。……私もお世話してあげたいし。

そういうわけで、護衛の男性ふたりと共に、憮然《ぶぜん》とした顔で席に着いていたふたりの商人も、仕方なく食事を始めた。

ま、可愛いベアトリスちゃんと歓談しながら楽しく食事をして、自分を売り込もうと思っていたのに、護衛のおじさま達との会食になっちゃったんじゃあ、ガッカリもするよね。

ドンマイ！

そしてベアトリスちゃんは、護衛の人達に話し掛けて色々と質問をしている。

ま、私とは馬車の中でずっと話せるから、今は私を無視して、商隊の人達から色々な話を聞くことの方を優先して当然だ。

確かにベアトリスちゃんは自分の楽しみのためもあってこの旅を希望したのだろうけど、決してただそれだけじゃない。きちんと、自分がやるべきことは弁《わきま》えている。これは、ベアトリスちゃんに任された『重要な仕事』に関係することなのだから。

そして、『旅の間で一番辛いこと、面倒なことは何か』、『何か、改善して欲しいことはないか』、『護衛の数や人選について、どれくらいが適切だと思うか』というようなことを、あまり堅苦しい言い方ではなく、何も知らない少女の素朴な疑問、というような形で上手く聞き出すベアトリスちゃん。

……思っていたより、更に遣り手《やて》だったよ……。

＊　　＊

「やっぱり、いくら安全そうだとは言っても、『万一』ってことがあるから、護衛はあまり減らしたり経験の浅い者を安く雇ったりするわけにもいかないかぁ……」

昼食後、出発した馬車の中でそんなことを言って考え込んでいるベアトリスちゃん。

「まぁ、少しの費用をケチったために大損、ってのは、よくあることだからね。しかも、それに取り返しの付かない『人の命』が含まれている場合は、安全係数は高めに取っておくべきだよね」

「う～ん、やっぱり、そうかぁ……」

私の返事に、色々と考え込んでるベアトリスちゃん。この子、こんなにしっかりしてたんだ今まで私とは、仕事とは関係のない世間話や遊び、食べ歩きとかの話しかしなかったから、しっかりした子だとは知っていたけれど、ここまでとは思っていなかったよ。

私が14歳の時って、どうだった？　中学2年か3年の頃？

……完敗だぁ！

……。

「そういえば……」

「ん、何？」

ベアトリスちゃんが、何やら話を振ってきた。

「来年の、私のデビュタントボール、ちゃんと計画してくれてるよね？」

ぎくり！

「確か、天空に咲く炎の華、ぴかぴか光る山車《だし》によるパレード、出店や屋台、その他諸々を……」

ぎゃあああああ！　全然忘れてくれていない！　それどころか、どうしてそんなに正確に覚えているのおおおぉ‼

絶対に忘れてくれると思って、一時凌《しの》ぎで適当なことを言ったのにいいぃ……。

いかん、あと1年の間に、何とかしなきゃ。

＊　　＊

わた
やきとり
かき氷
くい

『サンダー軍曹、こちらホームワン、オーバー！』

ありゃ、無線呼び出しだ。

うん、勿論、10日近く領地を空けるんだから、緊急時のための準備はしてある。

特製馬車に遠距離《HF》用無線機とバッテリーを積み、屋根にはソーラーパネル。アンテナはモービル用広帯域アンテナ。科学の進歩は目覚ましいねぇ……。

もしバッテリーが切れたら、こっそり転移して日本の自宅に置いてある予備と交換する。

一応は緊急時に備えてのものだけど、別に緊急時以外は使っちゃ駄目、というわけじゃない。

それに、呼び出しのコレットちゃんの声は落ち着いているから、緊急事態というわけじゃなさそうだ。

多分、ただの御機嫌伺いの類いだろうな。

「はい、こちらサンダー軍曹」

側面に引っ掛けてあったハンドマイクを取って、返事すると……。

『ミツハ、コールサインとか、面倒だよ！　ミツハ、こちらコレット、でいいじゃん！』

いや、そこは様式美として、譲れない。

「駄目。まぁ、呼び出しの時以外は普通でいいけど……」

そのあたりは、譲歩しよう。

「で、用件は何？」

『ただの御機嫌伺いだよ。どうしてるかな、と思って……』

やっぱり。でも、自分で言っちゃ駄目だよ、『御機嫌伺いだ』なんて……。

ま、私のことを『ミツハ』って呼んだ時点で、お仕事モードじゃなくてマブダチモードだって分かってたけどね。

多分、私がベアトリスちゃんとふたりで旅をするというので、ほら、アレだ、ちょっと寂しくなって拗《す》ねてるんだろう。

お仕事だし、商隊の一員なんだけど、特製馬車にベアトリスちゃんとふたり乗り、というのは、以前の条約締結根回しの旅の、ビッグ・ローリーでの３人旅を思い起こさせたんだろうな。最近は新大陸で行動する時は一緒に連れていってるというのに、しょうがないなぁ……。

「うん、こっちは……」

がしぃ！

「な、何？」

突然、怖い顔をしたベアトリスちゃんに肩を摑《つか》まれた。いったい、何事！

「……なに、ソレ」

え？

「コレットの声がした！　何よ、ソレ！」

あ……。

「教えてなかったっけ？」

「……教えて貰《もら》っていないわね……」

ゴゴゴゴゴゴゴゴ……


いかん、雷が落ちる！

私、一応『雷の姫巫女』なのに……。

失敗した！

よく考えたら、サビーネちゃんと王様達には教えているけれど、ボーゼス伯爵様関連には無線機のことを教えていなかったよ。

条約締結根回しの旅では一部の人達には教えたけれど、あれは極秘事項、最高機密として口外禁止だったからね。

当たり前だ。数百キロ離れたところと瞬時に会話できるなんて、軍事的、政治的、商業的、その他色々なことにおいて、どれだけとんでもないことか……。

まぁ、私の『渡り』のことを知っている人には、今ひとつインパクトが小さいかもしれないけれどね。

ま、そういうわけで、ボーゼス伯爵様にも伝わっていなかったらしいのだ、無線機のことは……。

ボーゼス伯爵様になら知られても構わないし、侵略艦隊来襲の時には王都にいる王様と無線機で連絡を取ったりしたから、ボーゼス伯爵様はとっくに無線機のことを知っていると思っていたよ。

あ、いや、もしかして伯爵様は知っているけれど、家族には教えていなかっただけかもしれないな。いくら自分の妻子と言えども、国の機密情報をボロボロと漏らしていいわけじゃないだろうから……。

そして、ベアトリスちゃんにとって、コレットちゃんは、ただの平民だ。そりゃ、私がいくら『家臣候補だ』って言っても、そう簡単に信じるわけがない。

何しろ、コレットちゃんはボーゼス伯爵領の、ただの村娘に過ぎなかったんだから。

それを、命を助けてくれた恩を返すために私が引き取り、ちゃんとした教育を受けさせているだけ、と思っているらしいのだ、ベアトリスちゃんは……。

そしてコレットちゃんが遠慮しないようにと、私が『家臣になるための教育だ』って言ってるだけだと……。

その、ただの平民であるコレットちゃんが教えられて、どころか、自由に使っている、『遠く離れていても、いつでも私と話ができる』という、私の実家の秘伝、『魔導具』。

それを、私の一番の友達……コレットちゃんよりも、サビーネちゃんよりも……だと信じている自分が、教えられていない。

……マズい。

これはマズい。かなりマズい……。

そしてもし、サビーネちゃんも無線機のことを知っており、それどころか、自分専用の無線機を持っている、などということを知られたら。

マズいどころの話じゃない！

……ヤバい。

これはヤバい。かなりヤバい……。

いかん、何とかせねば……。

しかし、さすがにボーゼス伯爵家に無線機を設置するわけにはいかない。

そんなことをすれば、ボーゼス伯爵様と王様の間で自由に交信されるようになって、この世界にとってオーバーテクノロジーである無線機による情報の即時伝達という、とんでもないことに……。

そして、それを前提とした様々なことが計画され、……私がいなくなったら、それらが全て破綻する。ちょっとした故障とか、発電パネルやバッテリーの劣化とかで……。

そう、王都とボーゼス伯爵領でリアルタイムでの情報交換が可能、などという前提で防衛計画を立てられちゃ堪らない、ってことだ。

無線通信は、あくまでも、私と誰かが交信するためのものだ。私以外の者同士で継続的に使わせるつもりはない。交信相手が私だけであれば、私がいなくなって無線機が使えなくなっても、誰も困らないだろうから。

条約根回しの旅の時は、例外。あの時は、使節団の安全が第一だったから。

ゲゲゲ……じゃないや、レミア王女殿下の件も。

あれは、緊急時の救援要請と、サビーネちゃんとのお遊びや馬鹿話にしか使われていないから、ある日突然使えなくなっても問題ない。救援に向かうはずの私がいなくなったなら、存在意義がなくなるものだから。

単一目的のためのものであり、私の消滅と共に存在する意味がなくなる、という用途なら、ま、いいだろう。複製なんか数百年は絶対に出来ず、その間に朽ちて消え去るだろうし。

それに、私が自分の意思で姿を消す場合には、無線機やソーラー発電システムは全て回収する予定だ。王都の『雑貨屋ミツハ』や領地邸のオーバーテクノロジーであるもの全てと一緒に。

あ、根回しの旅の時に馬車に積んでいた無線機や屋根のソーラー発電パネルとかは、本隊が帰還した時点で、全て回収してある。……というか、それが今、この馬車に積んである。

『……ツハ！　ミツハってば！』

あ。コレットちゃんと交信中だった……。

「ちょ、ちょっと急な用件ができたから、また後でね！」

『え？　……あ、うん……。10《テン》ー4《フォー》！』

「役満！」

『え？』

「いや、何でもないよ……。10《テン》ー10《テン》！」

天和《テンホー》じゃないし、緊急指令というわけでもない。

それに、使っているのはアマチュア無線の器材であって、決してCB無線ではない。

……まぁ、私が冗談半分でコレットちゃんにテン・コードを仕込んだだけだ。

そして、私の様子から、ちゃんと『何かあったらしい』と察して、即座に退《ひ》いてくれるコレットちゃん。

さて、問題は……。

「今の、コレットよね？」

コレットちゃんが子爵邸《うち》に来るまでは、会ったこともなかったであろう、ベアトリスちゃん。

そりゃそうだ。領主様の娘が、田舎村の平民の娘と知り合いのわけがない。

人口700人足らずの子爵領《うち》と違って、ボーゼス伯爵領は人口がずっと多いし、伯爵家の娘がそうホイホイと領地を歩き回るわけがない。

……でも、ベアトリスちゃんが子爵邸《うち》にしょっちゅう来るようになってからは、当然ながら、コレットちゃんと話す機会が多い。いくら無線機のスピーカーを介した声だとはいっても、そりゃ分かるか……。

「……なに、ソレ？」

よく、『ハイライトの消えた眼』というような表現をされる、『そういう眼』で、先程と同じ言葉を繰り返す、ベアトリスちゃん。

ああああ、これ、逃げられないヤツだあああぁ～～！

＊　＊

「……そう。コレットだけでなく、サビーネ王女殿下も……」

私に全てを吐かせた後、ハイライトが消えたままの眼で、無表情でそう呟《つぶや》くベアトリスちゃん。

……怖いよ！

まぁ、私が誤魔化したところで、コレットちゃんから聞きだそうとするに決まってる。

そして、コレットちゃんは、多分ベアトリスちゃんの責めに耐えることはできないだろう。

私が誤魔化したことがコレットちゃんへの訊問《じんもん》でバレた場合、……大惨事だ。

そしてその後、もしサビーネちゃんにも調査の手が及んだら……。

ブルブルブルブルブル‼

そう考えると、サビーネちゃんのことも正直に話して、今、一度に全部終わらせておいた方が絶対にマシだ。

なので、全部喋《しゃべ》ったのである。

それに、サビーネちゃんはベアトリスちゃんより身分的には遥かに格上だから、コレットちゃんだけでなく、サビーネちゃんの名前も出した方が怒りが和らぐかも、という微《かす》かな期待もあった。

……私のお友達、という意味では、コレットちゃんも含めて、格上、格下だとか序列の上下だとかいう概念はないよ、勿論！　みんな、対等のお友達だ。公式の場以外では。

……ま、地球や新大陸のことがバレるのはさすがにマズいけど、無線機のことだけなら、絶対に私を裏切らないであろうベアトリスちゃんにならば教えても構わないか。

王様達や、使節団の団長であるコーブメイン伯爵様、その補佐であるカルデボルト侯爵家子息のクラルジュ様達だけでなく、女官やメイドの皆さんにも知られているのだから、割と知っている人は多いし……。

あ、勿論、女官やメイドといっても、全員身元の確かな人達だ。下級貴族の娘とか、高級官僚の娘とか、そういった人達の中から選び抜かれたメンバーだから、間違っても秘密を漏らすようなことはない。

もし裏切った場合、自分の身だけで済む問題じゃないからね。

お家《いえ》や一族郎党に累《るい》が及ぶようなことをするくらいならば、自害を選ぶ。そういうメンタリティだからね、この世界の貴族とか商家の者は……。

だから、もし脅迫されたり、捕らえられて拷問を受けたとしても、殆《ほとん》どの者は官憲に届け出たり舌を噛《か》んだりするだろう。

……無線機の存在を知られたところで、真似《まね》ができるわけじゃないから、私としては別に喋られてもそう困るわけじゃない。

もし盗まれたところで、電源コンセントなしじゃあ、どうしようもないだろうし。

だから命の方を優先してもらいたいんだけど、どうせ喋ってもその後殺されるのだろうなぁ。

秘密を聞き出した、ということ自体を隠蔽するために……。

だから、無線機の存在自体を知られないようにするに越したことはない、ってことだ。敵にも味方にも、余計な被害者を出さないために。

そして……。

「その魔導具を要求する！　それがあれば、ボーゼス邸《う ち》にいる時でも、自由にミツハと話せるんでしょ！」

やっぱり～‼

「駄目！」

さすがに、それは却下。

「どうして！　コレットが使っているし、サビーネ王女殿下は自分の部屋に置いてるって、さっき言ったじゃない！」

うん、そのあたりは、正直に言った。こういう部分で余計な嘘《うそ》を吐《つ》くと後で自分の首を絞めるだけだし、ベアトリスちゃんには不必要な嘘は吐きたくないからね。

でも……。

「うちの領地邸と王宮には、緊急時の連絡用に必要だから置いてるの。そして、私に緊急事態の発生を知らせるために、絶対の信用が置ける人の手に委ねる必要があるの。それが、王宮ではサビーネちゃんであり、領地邸ではコレットちゃんと執事のアントンさんだというだけのことだよ。

そして、ボーゼス伯爵領は国境に面しているわけでもないし、王都より先に他国が攻めてくるような位置でもないし、うちの領地のお隣さんだから、うちが全く気付かずにボーゼス伯爵領だけに襲い掛かる突然の危機、というのは、あんまり考えられないよね。もし何かあっても、早馬で数時間もあれば連絡できるし……。

それにそもそも、実質的には男爵領程度の領地しかない新米の小娘子爵の助けが必要な領地じゃないでしょ、ボーゼス伯爵領は……。

だから、うちの最大機密である無線機を、情報漏洩《ろうえい》の危険を冒してまで設置する必要を認めない。

そして、私の手を離れたところで、無線機の存在を前提としたシステムが構築されることは、絶対に許容できない。自分達で作ることも修理することもできないようなものに頼った国防計画なんか、砂で作ったお城より脆《もろ》いよ！」

「…………」

ぷくっと頬を膨らませてはいるものの、私の説明に食って掛かることはしない、ベアトリスちゃん。

ベアトリスちゃんも、14歳とはいえ貴族の娘だ。自分自身の望みより、お家の安泰や領民の幸せ、そして国の安定を優先するという教育を受けているはず。

……勿論、それを実践しない貴族は多いけれど、ベアトリスちゃんは、そんな子じゃない。

だから、なまじ頭がいいために私が言ったことが理解できてしまうベアトリスちゃんには、私の言葉に反論することができないんだ……。

でも、コレットちゃんやサビーネちゃんには許されたことが自分には許されない、ということを素直に受け入れられるほどの大人でもない。だから、ふて腐れるくらいは仕方ないよね。

後で、何か機嫌取りの方法を考えるか。

そして今はただ、私に背を向けているベアトリスちゃんを、そっとしておいてあげよう……。

＊　＊

無理に荷を積み込んだため重量オーバーで車軸が折れたり、その他ちょっとしたトラブルはあったものの、予定通り王都に到着。

日程を1日短縮する、という試みは成功したけれど、当然、そのために1日あたりの移動時間が増え、馬や人間に掛かる負担は増加する。以後も今回と同じ日程にするか、元に戻すかは、後日みんなの意見を纏《まと》めて検討することになる。

護衛にとっては、1日あたりいくら、という契約だから、キツくて収入減となって、踏んだり蹴ったりだ。不評なのは確実だな……。

商隊は、中央広場でいったん解散。複数の商人の寄合所帯なんだから、後は各個に商業活動。

そして帰投時に、またここで集まって商隊を組む。

勿論、帰りも空荷ではなく、王都で仕入れた商品を満載しての帰還となる。

あ、運んできた商品の一部は、ペッツさんのところに優先して持ち込まれる。

うちの御用商人であるペッツさんの利権を蔑《ないがし》ろにしたりはしないよ。

まだ領地関連では私が『雷の姫巫女』だと知られる前の時点からうちの手助けをしてくれた、『ヤマノ子爵領の初期における貢献者達』には、それなりの便宜を図るのは当たり前だ。

新しい領主が『雷の姫巫女』である私だと知ってから擦り寄ってきた連中や、様々な産業改革や鹵獲船《ろかくせん》の権利の3分の1を押さえたりして我が領地の発展が確実視されるようになってから取引を持ち掛けてきたところとかと一緒にするわけがない。

……商隊の商人達が、私に対しては割とスルー気味で、ベアトリスちゃんの御機嫌取りに全力を挙げていたのには、そのあたりも関係するのかも。

うん、向こうから集《たか》ってくる商人には割と塩対応だからねぇ、私……。

集ってくる商人が、こちらにとって美味《おい》しい話を持ってくるわけがないからね。

だから私も、商人にとって美味しい話は、ペッツさん以外にはあまり持っていかない。持っていくのは、『ヤマノ子爵領《うちりょう》にとって美味しい話』だけだ。

それに対して、ボーゼス伯爵様は、自領の商人を育てるために便宜を図るからね。

うちが、うちの御用商人であるペッツさんを優遇するのと同じで、当たり前のことだけど……。

それでも、同行したのが私だけであれば、全力で私に対してのアプローチをかけてきたのだろうけど、今回はベアトリスちゃんがいたから、それが全部ベアトリスちゃんに向いたわけだ。

でも、まぁ、移動中は私とふたりだけで特製馬車に乗っていたし、食事の時は御者や護衛達との『情報収集』という名目の歓談、そして野営時は勿論私と一緒に小型テントで寝ていたから、商人達がベアトリスちゃんと話し込める時間はあんまりなかったんだけどね。

商隊を解散した後、護衛の一部と共に、私達の馬車はボーゼス伯爵家王都邸へ。

ボーゼス伯爵家のお嬢様がやってきたのだから、当たり前だ。事前に知らせを受けている王都邸の使用人達が、手ぐすね引いて待ち構えているに違いない。

何しろ、伯爵様夫妻やアレクシス様、テオドール様抜きでの、ベアトリスちゃん単身での王都邸入りだ。つまり、ボーゼス伯爵家王都邸がベアトリスちゃんを最上位者として、その指揮下に入るということになる。

こんなことは前代未聞だろうし、これから先も、二度とあるとは思えない。

そう、美しき貴族の少女に傅《かしず》き、跪《ひざまず》くのだ！

使用人一同が、死ぬ気で奉仕することは間違いないだろう……。

そしてボーゼス伯爵家王都邸に無事到着し、最後までついてくれていた護衛達も、これでようやく解散……せずに、一緒にボーゼス邸へ入ってきたなぁ……。

あ〜、伯爵様が付けた、ベアトリスちゃんの護衛だったかぁ……。

考えてみれば、当たり前か。ベアトリスちゃんを守るのが、商人達が雇った『雇い主である商人と、積み荷を守る』ということが第一目的である雇われ護衛達だけ、なんていうのを、伯爵様とイリス様が許容するわけがないよねぇ。いくら私が付いているとはいっても……。

おそらく、あの護衛達は、商人や他の護衛達からベアトリスちゃんを守る、という任務も帯びていたに違いない。いくら低い確率であっても、それが完全にゼロでない限りは、それに対する備えをしておくのは当然だ。

特に、もし何かあったら取り返しが付かないことに関しては……。

「「「「「お帰りなさいませ、お嬢様!!」」」」」

うおっ！

使用人達が、ほぼ全員整列してのお出迎え。

ま、当たり前か……。

勿論、先頭は執事のルーファスさん。

ベアトリスちゃんは、『数日間、お願いね』と、微笑みながら、片手を挙げて軽い感じで応えている。

無線機のことでいったんは不機嫌になったものの、せっかくの私との旅を膨《ふく》れっ面《つら》のまま過ごすのは費用対効果《もったいない》が悪いと思ったのか、あの後しばらくすると、無線機の話題には一切触れずに、概《おおむ》ねいつものベアトリスちゃんに戻ってくれた。

……でも、心の奥では面白く思っていないのは丸分かりだったけどね。

ま、我が儘盛りの貴族のお嬢様が一応はそこまで我慢してくれただけで、充分評価に値するだろう。他の貴族の娘なら、手足を振り回して喚《わめ》き散らすとか、癇癪《かんしゃく》を起こしてもおかしくない場面だったのだから。

さすが、ベアトリスちゃんだ。ボーゼス伯爵様とイリス様の娘、そしてサビーネ王女殿下の『御学友』に選ばれただけのことはある。うんうん、私も誇らしいよ。

ベアトリスちゃんは、私が育てた！（育てていない）

よし、じゃあ、ベアトリスちゃんは使用人の皆さんに無事引き渡したから、私は自分の王都邸、『雑貨屋ミツハ』へと帰りますか……。

がしっ！


え？

いや、どうして私の右肩を摑んでいるのかな、ベアトリスちゃん……。

……そして、ベアトリスちゃんはともかく、どうして私の左肩を摑んでいるのかな、ルーファスさん……。

私、女の子で、一応は『子爵閣下』だよね？

他家の執事がいきなり肩を摑んで引き留めるって、それ、大丈夫なの？　……立場的に……。

第七十三章　王都にて

ボーゼス伯爵家王都邸に無理矢理引きずり込まれて、用意されていたお風呂にベアトリスちゃんと一緒に連行されて、メイドさん達に洗われて、着替えさせられて、お化粧されて、夕食を食べさせられて、……泊まらされた。

本当は、『雑貨屋ミツハ』に戻って、日本の家に転移してゆっくりお風呂にはいりたかったんだけどなぁ……。旅の間は、そんな贅沢《ぜいたく》なものはなかったから……。

ま、ボーゼス家王都邸のお風呂なら、充分か。メイドさん達に洗われる、というのはアレだけど……。


そしてその後、勿論《もちろん》、アレがやってきた。

「お店でずっと待っていたのに、どうして来ないのよおおぉっっ!!」

うん、サビーネちゃんの情報網と、『ミツハ姉様見張り隊』とかいう怪しげな組織の手によって、私の王都入りは完全に把握されていたはず。

……来ないわけがないよねぇ……。

そして、ボーゼス家の者はベアトリスちゃんただひとり、ということを知っていたサビーネちゃんは、当然、泊まる気満々だった。

事前にその情報は摑《つか》んでいたらしいけれど、サビーネちゃんは、ベアトリスちゃんが私と一緒に『雑貨屋ミツハ』に泊まると判断していたらしい。

……読み違えた、ってわけだ。

サビーネちゃんなら、ＤＶＤやゲームがあって、扇風機や暖房器具があって、冷蔵庫やレンジがある『雑貨屋ミツハ』に泊まる方を選ぶだろうから、ベアトリスちゃんも当然そうすると思ったらしいのだけど……。

そうか、サビーネちゃんは、ベアトリスちゃんも地球の便利道具のことを全て教えられていると思ってるのか……。

ベアトリス商会の表向きの本拠地は奇岩島だけど、あれはあくまでも対外的な宣伝用であり、ベアトリスちゃんの常駐場所はヤマノ子爵家《うち》だってことくらい、サビーネちゃんは知っているからなぁ。

あ、いかん。勘違いしているらしいサビーネちゃんがマズいことを口走らないうちに、状況説明をしなきゃ……。

そして、ベアトリスちゃんが席を外した隙に、そのあたりのことをちゃちゃっと説明。

「ええっ！　そういうことは、早く言ってよ！　危なかったなぁ……。

でも、そうか、ベアトリスちゃんには殆《ほとん》ど教えていないんだ……」

そう、ベアトリスちゃんには、地球のことは教えていない。教えているのは、あくまでも『渡りの秘術』と、少しばかりこのあたりの国より進んだ技術による製品だけだ。上限は、扇風機くらいまで。

扇風機は、ただくるくると回るだけだし、風が吹く理由は羽根の形状で説明できるから、『羽根を回す力』以外はそう不思議なものじゃない。

「そうかぁ……」

私がベアトリスちゃんにはあまり秘密を教えていないことを知ったサビーネちゃんは、何だかちょっと意外そうな、そして複雑そうな顔をしている。

まぁ、ふたりは私よりずっと前からのお友達同士だからねぇ。

それぞれ別々にコレットちゃんとお友達になったから、これからは3人で、とか考えていたのかもしれないな。

でも、ベアトリスちゃんに話すと、ボーゼス伯爵様に伝わる確率が高過ぎる。

いや、別にベアトリスちゃんがおしゃべりだとか、私を裏切るとかいうことじゃない。

ついうっかり、とか、私のためを思って自分が泥を被るつもりで、とかね。

知らなければ悩む必要もなかったのに、知ってしまったがために悩むこともあるだろうし。

そう、『世の中、知らない方がいいこともある』ってヤツだ。

そして、戻ってきたベアトリスちゃんと3人で、女子会。

その後、寝室に場所を変えてパジャマパーティー。

……パジャマじゃないけど、夜着《ナイティ》だから、ま、似たようなもんだ。

サビーネちゃんが、うっかり地球やＤＶＤのことを漏らさないようにと時々口籠《くちご》もるときがあったけど、楽しい一夜を過ごした。

このメンバーで一緒に夜を過ごすのは、初めてだよね。ベアトリスちゃんとサビーネちゃんのテンションが高かったよ……。

＊　　＊

翌日は、引き留めるベアトリスちゃんを残して、『雑貨屋ミツハ』へ。

いや、私にもやらなきゃならないことがあるんだから、仕方ないでしょ。

それでも、昼食が終わるまでは帰らせてもらえなかったよ……。

そして勿論、帰る私には、サビーネちゃんがくっついていた。

だから余計に、ベアトリスちゃんの引き留めが激しかったんだよねぇ。

……でも、サビーネちゃんについて来られても困るんだよなぁ。この後は、新大陸に行って商品の補充をしなきゃならないから……。

10日以上も行っていないから、そろそろ品切れが近いはずなんだよね、レフィリア貿易も、周辺国の新規提携商会も。

特に、盤石となったレフィリア貿易はともかく、周辺国の新興商家の方は今が大事な時期なのだから、品切れなんか絶対に起こさせるわけにはいかないよ。

そして、王様達には、私が侵略艦隊の母国であるヴァネル王国に拠点を築いていることは内緒だ。

だから、サビーネちゃんにも、正式には教えていない。

……サビーネちゃんには、ある程度のことはとっくにバレてるだろうけどね。

でないと、コレットちゃん情報にあった、『サビーネちゃんが、こっそりと新大陸の言葉を勉強している』ということの説明がつかない。

それに、サビーネちゃん抜きで、私がコレットちゃんと転移でしょっちゅうどこかへ行っているということは当然知られているだろうし。

サビーネちゃんは、そのあたりは抜かりない。

でも、サビーネちゃんが自分で掴んだ情報からそう推測するのと、私からはっきり聞くのとでは、大違いだ。

後者の場合、『私のお友達の、サビーネちゃん』ではなく、『第三王女、サビーネ殿下』として、国と国民の利益を最優先するという王族の義務に従うならば、王様に知らせなきゃならない。

前者であれば、それはサビーネちゃんが勝手に想像した『空想』に過ぎないから、そんなことをする必要はないのだけれど……。

ま、そういうわけで、バレてはいるのだろうけど、サビーネちゃんは敢《あ》えてそれには触れず、自分は何も気付いていない、ということにしてくれているのだろう。

そして、私もそんなことは何も気付いていない、ってことにするのが、大人ってもんだ。

だからここは、うまく追い返さないと。

しかし、簡単に帰ってくれそうにないよなぁ、この、にこにこ顔のサビーネちゃん……。

「姉様、この後はヴァネル王国へ行くの？　私も一緒に行くよ！」

……台無しだあぁ‼

＊　　＊

サビーネちゃんの深い配慮、というのは、私の幻想に過ぎなかった。

そうだよね～、サビーネちゃんは頭が良くて気遣いのできる子だけど、まだ子供だもんね～。

自分の欲望には、結構忠実なんだよね～……。

しかも、コレットちゃんという先例があるのに、自分が遠慮しなきゃならない、なんて思えるはずがないよね～。

サビーネちゃんは、ここは我儘《わがまま》を言っちゃ駄目なところだ、と思えば、絶対に我慢してくれる。

でも、自分以外の者には許されている、となると、絶対に引かないし、諦めない。

なので、コレットちゃんがしょっちゅう新大陸に行っていると知った時点で、もう、どうしようもないわけだ。

そして、私が使えたはずの『コレットちゃんは現地の言葉が話せるけれど、サビーネちゃんは話せないから』という唯一の拒否理由は、事前に潰されている。

……駄目だ、どうしようもない……。

そういうわけで、商隊が帰還の途に就くまでの間にやろうと思っていた様々なことには、サビーネちゃんがくっついてくることになってしまった。

まぁ、コレットちゃんには『領地で、私の留守を守る』という使命を与えて将来のために練習させており、今回はひとりで行動するつもりだったから、それでもいいか。

既に新大陸に慣れているコレットちゃんと初めてのサビーネちゃんが一緒だと色々とやりにくいから、サビーネちゃんの新大陸デビュー戦には丁度良かったかもしれないし。

……いや、新大陸デビューさせる気なんか、全然なかったんだけどね……。

ま、仕方ないか……。

そういうわけで、『雑貨屋ミツハ』に着いてひと休みした後。

「じゃ、行くよ？」

「うんっ！」

……転移！

＊　　＊

「ここが、新大陸……、って、ここは……」

そう、実は、サビーネちゃんは以前ここに来たことがある。

コレットちゃんと一緒に、『もっと自分達に構え！』とゴネられた時に、私もあちこちで色々なことをしなきゃならないから忙しいんだよ、ということを分からせるために、各地の支店を連れて廻《まわ》った、あの時に……。

なので、あの時はここ、物産店を少し見せただけで次の場所へ転移したから、ここがヴァネル王国だとは気付いていなかったのだけどね。

「うん、新大陸。つまり、サビーネちゃんは既に、とっくにコレットちゃんと一緒に新大陸に来ていたってことだよ。

勿論、今のところ、向こうの大陸の者でここに来たことがあるのは、私達３人だけ」

あの時のコレットちゃんの様子から、コレットちゃんもあれが初新大陸だったことは分かっているだろう。

つまり、日本へ行った時と同じく、新大陸もコレットちゃんとサビーネちゃんは一緒に初訪問していたわけだ。決して、サビーネちゃんが後回しになったわけじゃない。そのことに気付かないようなサビーネちゃんじゃないだろう。

そして、その結果……。

「…………」

あ、あからさまにサビーネちゃんの機嫌が良くなった……。

チョロい。

いくらしっかりしていて頭が良いとはいっても、やっぱり子供だなぁ。

「じゃ、うちの取引先に行くよ」

「うんっ！」

＊　　＊

「……というわけで、うちの妹その2。よろしくね」

「ドゾ、ヨロシク！」

う〜ん、コレットちゃんよりは新大陸語が下手だなぁ。

ま、王女業の方が勉強やら作法の修業やらで色々と忙しいだろうし、コレットちゃんは私と一緒にいるために命を懸けているからなぁ、較《くら》べるのは可哀想か。普通に考えれば、これでも驚異の学習速度なんだから。

何しろ、手作りの辞書1冊と捕虜との会話だけでの独学だからねぇ。しかも、捕虜の方はこっちの言葉しか喋《しゃべ》れないという、とても教師役とは言えない連中だし。

うん、自動翻訳能力を身に着けるまでは英語すら碌《ろく》に喋れなかった私から見れば、充分に天才だよ、コレットちゃんもサビーネちゃんも……。

子供の学習能力、恐るべし!!

レフィリア貿易に顔を出して、レフィリアと主な従業員にサビーネちゃんを紹介。

その後、レフィリア貿易と周辺国の提携店からの発注書を受け取り、ウルフファングのホームベースへ。

「これ、お願い。今揃《そろ》ってる分は貰《もら》っていくね」

ここでは、サビーネちゃんは既に顔馴染《なじ》みだから、紹介とかはない。忙しいから、発注書の写しを渡して今倉庫にあるものを受け取り、その他は仕入れておくよう依頼して、すぐに引き揚げる。

「慌ただしいなぁ、嬢ちゃん……」

隊長さんの声を背にして、さっさと倉庫へ。

必要なものを纏《まと》めて、転移。

レフィリア貿易、周辺国の店、その他へ配達。

転移、転移、転移、転移……。

「忙し過ぎるよ！」

サビーネちゃんからクレームが入った。

「だから、前にも言ったでしょ、私は色々と忙しい、って。

まだ、新大陸でやることも、領地での仕事も残っているし、日本でやることも色々とあるし、数日後には帰還の旅についてかなきゃならないし……」

「……ごめん」

どうやら、私がすごく忙しいこと、そして帰還の途に就くまでの王都での数日間は特に大変だということが分かったらしい。そこに、自分が我が儘を言ったせいで私の手間が増えてしまったことも……。

それに、コレットちゃんとサビーネちゃんは結構私と一緒にいられるけれど、ベアトリスちゃんにはその機会があまりない。そのことは、ベアトリスちゃんが私の転移能力は乱用できないと思っていること、日本や新大陸のことは教えられていないことからも、サビーネちゃんには分かっているはずだ。

そのベアトリスちゃんが私と一緒にいられるはずの貴重な時間を、自分が割り込んで邪魔をした。

それが理解できてしまったサビーネちゃんは、罪悪感を覚えているのだろうな、多分……。

ま、帰りの旅も、ずっとベアトリスちゃんと一緒だ。そう気にしなくてもいいんだけどな。

でも、言葉でそう言っても、サビーネちゃんが自分の行動を後悔する気持ちは変わらないだろう。

だから、サビーネちゃんの頭を軽くぽんぽんと叩《たた》いてあげるだけにした。

これで充分。

サビーネちゃんには、これで私の想いは伝わるはずだ。余計な言葉は要らないよ。

その後、サビーネちゃんを王宮へ送り届けて、残った仕事をこなした。

明後日は、行くところがある。

＊　＊

「では、御注文の品はこれで全部ですね？」

今日は、『ソサエティー』の会合の日。

領地と王都の往復プラス王都滞在日数で、30日近い期間拘束されるため、私が王都にいる間になるよう、会合日を合わせてもらったのだ。

さすがに、私の都合で1ヵ月近く開催しないというのは問題があるからね。

……主に、他の御令嬢達からの不満、という方向で……。

そういうわけで、前回注文された品を渡し、代金を受け取った。

いつもニコニコ、現金払い。

御令嬢達は、自分でお金を払って買い物をすることなんかないだろうから、これもいい経験になるだろう。みんな、自分でお金を払って買う、という行為を割と楽しんでくれているみたいだし。

ちゃんと自分で買い物ができれば、悪役令嬢婚約破棄追放物語に巻き込まれても何とか生きていけるだろう。

……いや、そんな目に遭ったなら、私が支援して、ヒロインざまぁ展開に持ち込むよ、勿論。

みんな大切な、ソサエティーの仲間達《わたしのもちゴマ》なんだからね！

「……実は、困ったことがございますの……」

あれ、大切なメンバーに、何やら悩み事が？

「実は、先日の男爵領支援の件と、ミツハ様に戴きました肖像画のせいで、あちこちからたくさんの縁談が参りまして……。

私、まだ結婚などしたくありませんわ！　せっかく皆様と楽しい日々が過ごせるようになったというのに……」

あ～……。

「実は、私にも……」

「私もですわ……」

「ミツハ様、何とかしてくださいまし！」

……知らんがな……。

さすがに、他国の貴族家の婚姻について口出しできるような立場じゃない。

もし口出しできる立場だったとしても、絶対に口を出さないけどね。

他人の人生や他の貴族家のことに手出ししたり関わったりするもんか。そんな、脂肪フラグ、いや、死亡フラグ立ちまくりの案件……。

でも、可愛い女の子が14～15歳で政略結婚の駒に、というのも、日本人としては看過《かんか》しづらいしなぁ……。

あ！

「それでは、皆さん、御両親や兄弟姉妹の方々に、『嫁に行ったら、私の家族はその家の人達になる。つまり、お酒や化粧品、その他諸々のヤマノ子爵領産のものが家族用として購入できるのは、新たな家族の分だけ』と説明されては如何《いかが》でしょうか？」

「「「「「それですわっっっ!!」」」」」

うん、ヤマノ子爵領産のものが優先購入できる権利が失われ、お酒も化粧品も手に入らなくなると分かれば、家族の考えも変わるだろう。

そして、数年後に今度は『家族の妨害が酷くて、嫁に行けません。何とかしてくださいまし！』とかいって相談されるわけだ。

……うん、知ってる。

＊　　＊

帰還である。

またしばらく各地へ顔を出せなくなるので、やるべきことは全て済ませてある。

緊急事態には、領地からは執事のアントンさんかコレットちゃん、王都はサビーネちゃんが無線機で連絡してくれることになっている。

その他の場所でのことは、ゲゲゲの王女様のところのことしか分からないけれど……。

帰路は、王宮前の中央広場に集結して、来た時と同数の馬車、同じメンバーでの旅となる。

変わったのは、積み荷だけ。

ベアトリスちゃんは、王都邸執事のルーファスさんを始め、数名の使用人達が見送りに来ている。

ま、そりゃ屋敷からここまで一緒に来るわなぁ。王都邸からベアトリスちゃんひとりでここへ来させるわけがない。いくら伯爵家が雇ったベアトリスちゃん専用の護衛がついているとはいっても。

……あ、私が屋敷まで迎えに行くべきだった？

いかん、失敗した……。

しかし、何だかベアトリスちゃんの様子が……。

いや、悪い意味じゃない。

何か、自信たっぷりに堂々とした感じで、ごく自然に、使用人達に威厳のある態度を見せている。

ヤマノ子爵領を出る時には、普通の世間知らずの貴族の少女、という感じだったのに……。

指揮官として商隊を率い、最上位者としてほんの数日間ボーゼス伯爵家王都邸を仕切っただけで、何か、急に成長した？

ベアトリスちゃんは私のことを自分より年下だと思っているから、貴族家の娘であるというだけの自分とは違い本人が爵位貴族であり、そして『救国の英雄』とか呼ばれている私が一緒にいても、あくまでも最高指揮官は自分であると認識しているから、旅の間はずっと気を張っていたはずだ。

そして王都邸でも、いつもは家族と一緒であり、何かあった時には自分が使用人達を指揮しなければならないという状態になどなったことがないはずだ。伯爵夫妻が出掛けていても、兄のアレクシス様やテオドール様がいただろうし……。

それが、他のボーゼス家の者はひとりもいない、自分だけでの移動と王都邸滞在。

……王都邸では何もなかったのか、それとも何かがあったのかは分からない。

でも、何だか立派になったように見えて眩《まぶ》しいよ、ベアトリスちゃん……。

『可愛い子には旅をさせよ』かぁ……。

やっぱり、昔の人はいいことを言うなぁ……。

あ、いや、いいこともくだらないことも色々言ったうちで、いいことだけが伝えられて残っただけか。昔の人だからといって、みんながいいことだけを言っていたわけじゃないよね、うん。

そして、ベアトリスちゃんがみんなに対して簡単な訓示を行い、出発。

いや、いったい、どうしちゃったんだよ、ベアトリスちゃん！　往路では訓示なんかしなかったよね？

「ミツハ、ヤマノ子爵領は割と領民の生活に余裕が出てきたみたいだから、そろそろ嗜好品《しこうひん》、贅沢品の類いを流通させて領内のお金を回し、併せて領民の生活を豊かにさせて満足度を引き上げるべきよ。稼いだお金は、使わせないと……。

そこで、商人の荷馬車の空きスペースを確認して、余裕があるところに私の個人的なお金で仕入れたものを積んでもらっているから、それをヤマノ子爵領で売りたいんだけど……」

うん、輸送費無料《ただ》で自分の個人的な荷を運ばせてる、ってことね。

……お願い、戻ってきて、ベアトリスちゃ～～ん!!

はぁはぁ……。

「ど、どうしちゃったのよ、いったい……」

「ん、ちょっと、邸の使用人達と色々お話をしてね……」

少し焦った私の問いに、そう言って遠い眼をするベアトリスちゃん。

主家のお嬢様が、使用人達と、いったいどんなお話を？

うむむむ……。

確かにベアトリスちゃんはサビーネちゃんの御学友として選ばれた才能がある子で、分別がありサビーネちゃんをうまく導けるよう年上の子を選んだために、今11歳のサビーネちゃんに対して、14歳と3つも年上だ。

このあたりの年代の3歳差って、すごく大きいからねぇ。

そして、11歳のサビーネちゃんが、アレだ。14歳のベアトリスちゃんがこれでも、不思議はない……、って、いやいやいやいやいや！

私が14歳の頃って、中2か中3くらい？　完全に子供だったよ、その頃の私！

貴族の娘という立場のせい？　それとも、これくらいでなきゃ生きていけないという、この世界の厳しさのせい？

……異世界の少女、恐るべし!!

そういえば、みっちゃん2号も年齢に見合わないしっかりさだし……。

『ソサエティー』の他のメンバー達も、世間話や男の子の話をしている時は結構普通の女の子っぽいけど、貴族として、とか、領地や領民の話とかになると、結構しっかりした話をしているし。

だから、ベアトリスちゃんがそれより少し上であっても、何の不思議もないのか。

年下の子供だからと、私が見くびっていただけなのか。

そして、今回の旅で、更に大きく成長したと……。

今まで、コレットちゃんとサビーネちゃんは、仲間というか共犯者というか一蓮托生《いちれんたくしょう》というか、とにかく、身内というか家族というか、そういう扱いだった。だから私の秘密も全て話した。

でも、ベアトリスちゃんは私にとって、お世話になっているボーゼス伯爵様の娘、という定義だ。

勿論、可愛いし守ってあげたいし、……そして事実そうするけれど、それは『ボーゼス伯爵様の家族』としてであって、決して『私の家族』としてじゃない。

だけどサビーネちゃんは、ベアトリスちゃんもコレットちゃんのように『私達の仲間』にしたいと思っているんじゃないかなぁ。最初、ベアトリスちゃんも私のことを全部教えられていると思っていたみたいだし……。

学校に通っているわけじゃないサビーネちゃんにとって、御学友要員のベアトリスちゃんは、たったひとりのお友達だったのかも……。

勿論、他にも『御学友』はいるのかもしれないけれど、伯爵以上の貴族家の娘で、同年齢か2～3歳上までで、家の派閥上も、家族や親族の思想、交友関係、悪事に関わっている者と繋《つな》がりがないか、そして本人の能力と人格、その他諸々が合格点であり、更にサビーネちゃんと気が合って仲良しになれる少女。

そんな少女がゴロゴロいるとは、到底思えない。

たとえ最初の出会いは親達が勝手に決めたものであっても、その後のふたりには関係ない。いくら親達が決めて引き合わせた相手であっても、互いに、いや、サビーネちゃんが気に入らなければ、最低限の付き合い以上はしなかったであろうから……。

そしてそれは、ベアトリスちゃんにとっても同様だろう。

学校に行っているわけではない、貴族家の少女。

領地にいる時には近くに他の貴族家の少女がいるわけがないし、王都邸にいる時も、社交界へのデビュー前の少女が友達を作れる場など、そうそうあるとは思えない。

誕生パーティーとかは、婚約者を探す場であって、同性のお友達を作る場じゃない。同性の子は、みんなライバルであり、敵なのだ。

……殺伐としてるねぇ……。

だからこそ、似たような状況であろう新大陸のヴァネル王国で、『ソサエティー』に参加してくれた少女達があんなに楽しそうにしているのだろう。

あまり身分の上下や派閥等の立場を気にせず、ただの女の子同士として馬鹿話に興じることのできるお友達。

……でも、一応は『貴族の娘』という身分の範疇《はんちゅう》には収まっており、平民とかが紛れ込む心配のない、安全で安心できる場所。

派閥争いや、領境でのいざこざ、商取引や婚姻政策。

そんな、周囲の貴族家は敵、貴族家の娘は道具として使われるのが当然であるという世界で出会った、『ソサエティー』の仲間、友達、そして同志。

あの御令嬢達にとって、『ソサエティー』は、まさに地上の楽園にも思えたことだろう。

『ソサエティー』の仲間は決して裏切らないし、私もまた、裏切るつもりはない。

みんなが私を裏切らず、役に立ってくれている限りは……。

「……ツハ！　ミツハってば！」

「……え？　あ、ああ、ごめん、考え事してた……」

「『妄想タイム』でしょ、知ってるわよ！　で、サビーネちゃんとはどんな話をしていたのよ？」

……ああ。

サビーネちゃんは、私よりずっと前からの、ベアトリスちゃんのお友達だ。

つまり私は、ベアトリスちゃんからサビーネちゃんを横取りした、浮気相手か。

そしてサビーネちゃんは、ベアトリスちゃんから私を奪った、浮気相手。

あちゃー、数少ない友達が、自分を仲間外れにして、後から知り合ったふたりで仲良くしてるって、この年代の女の子から見て、どうよ？

……うん、逆上して怒鳴りつけられてもおかしくないよねぇ。

なのに、怒ったり不愉快そうな顔をしたりしないって、人間が出来過ぎてるよ、ベアトリスちゃん……。

いや、ごめん！

第七十四章　領地への帰還

帰還である。

いや、ヤマノ子爵領に到着した、ってことね。

道中、別に何もなかったよ。

そりゃ、途中で商売をするわけじゃないし、盗賊や魔物が出るようなことは滅多にない街道だし、ボーゼス伯爵領旗とヤマノ子爵領旗（通称、姫巫女《ひめみこ》旗）を掲げた馬車を襲うような命知らずはいやしないし……。

ま、ごくたまにゴキブリ、いやいや、ゴブリンが出る程度だし、それくらいは護衛がいれば問題ない。

……つまり、『何事もない』というのが普通だ。

そうしょっちゅう襲われていたら、馬車の運行なんかできやしないよ、リスクと損失が大き過ぎて……。

そういうわけで、私はヤマノ子爵領で馬車から降り、ベアトリスちゃんが個人的に買い込んでいた商品も降ろした。

そして空いたスペースには、商人さん達がこれから子爵領《うち》の店で買い込む海産物や地球産の商品が積み込まれる。

ボーゼス伯爵領とうちは隣接しているから、獲れる海産物の種類はほぼ同じだけど、その加工に関しては、うちの方が上手《うわて》なんだよね。

漁獲量も、日本製の漁具とか、それを模したモドキ漁具を使っているから、うちの方が上回っているし。

だから、燻製《くんせい》とか天日干しとか一夜干しとか、技術やノウハウで大きく差が出るものは、元々の製法に日本のやり方を加えたうちのものに勝てる漁村は少ない。干物とは言っても、完全にカラカラコチコチに乾かしたものだけじゃないからね。

……ちなみに、完全カラカラのやつ以外は、干物とはいえあまり日保ちするわけじゃない。冷蔵庫があるわけじゃないからね。

その他にも、うちは海藻類や貝類を加工したものとか、お酒のおつまみとして人気が高い商品とかを色々と開発している。

……ボーゼス伯爵領の漁村に、既にそれらを真似《まね》る連中が現れているけれど、まだまだうちの商品に追いつけてはいない。そのうち追いつかれるだろうけど……。

しかし、しっかりしてるなぁ、ボーゼス伯爵領の商人達は。稼げる機会は銅貨1枚分も見逃さないか……。

こりゃ、ベアトリスちゃんが言っていた、『空きスペースに私の荷を積んでもらった』というの、アレ、嘘《うそ》だな……。

いや、別にベアトリスちゃんが嘘を吐《つ》いているというわけじゃない。

嘘を吐いたのは、商人の方だろう。

遣り手《やて》の商人が、王都から戻る時にギリギリまで荷を積まないわけがない。体積的か重量的か、どちらかが限界に達するまで……。

おそらく、ベアトリスちゃんに『私の荷を積む余裕はあるか』と聞かれて、『ございます』と答え、泣く泣く自分の荷を減らしたのだろうなぁ。

まぁ、ベアトリスちゃんから詳細報告を聞いた伯爵様は当然それに気付くだろうから、何らかの補填、救済措置を取られるだろう。次回、第三回の商隊にも加えてやるとか、商品を良い値で買い取ってやるとかして……。

自分が買ったものはうちで売るため降ろしたけれど、ベアトリスちゃん自身は降りず、そのまま商隊と一緒にボーゼス伯爵領へと向かう。

伯爵様に旅の報告をしなきゃならないからね、当然……。

ま、どうせすぐにこっちへ戻ってくるだろうけど。

あまり早く戻られると、また伯爵様とイリス様から文句が来るんだよなぁ。理由は、言うまでもないけど……。なので、最低でも2週間は伯爵邸にいてもらわないとなぁ。

……しかし、どうしようか……。

サビーネちゃんの望み。

コレットちゃんの望み。

そしてベアトリスちゃんの望み。

そう、ベアトリスちゃんにも全てを話し、『こちら側』に招待するかどうか、ってことだ。

利点は……。

サビーネちゃんとコレットちゃんが喜ぶ。勿論《もちろん》、ベアトリスちゃんも。……勿論、私も。

そして私の手駒が増える。

いや、今でも貿易関係で役立ってもらっているけれど、更に踏み込んだ、色々なことを任せられるようになる。

それと、ボーゼス伯爵夫妻に対する使者、尖兵《せんぺい》、切り札、弱味、……まぁ、色々と役に立ってくれそうな気がする。

欠点は……。

ベアトリスちゃんが益々ボーゼス家から離れてうちの方寄りになるため、ボーゼス家の皆さんに申し訳ない。あそこ、娘はベアトリスちゃんだけだからねぇ……。

今でさえ、時々愚痴や嫌み、泣き言が出るというのに、これ以上エスカレートすると……。

そして、うっかりと、もしくはボーゼス家の利益のために、私に関する情報がボーゼス伯爵に伝わる可能性が否定できない。

いくら仲良しであっても、両親と兄弟、そして領民や王家と天秤《てんびん》に掛ければ、さすがに私では軽過ぎるだろう。……実際の体重とは関係なく！

ベアトリスちゃんは、何といっても、貴族家の娘だ。自分の義務というものをちゃんと理解している。

その点ではサビーネちゃんも同じなんだけど、まぁ、サビーネちゃんの場合はそういう損得勘定を考える前に、なし崩しで関係が進んじゃったからなぁ……。

それに、サビーネちゃんは普通の貴族の子女とは少し違うからねぇ。

何か、私のためなら平気で国を捨てそうな気がするんだよね、あの子……。

いや、さすがに国を売ったり裏切ったりはしないだろうけど、簡単に国を捨てて、『ミツハ姉様と一緒に行く！』とか言い出しそうで……。

サビーネちゃんの愛が重いよ!!


そして、ベアトリスちゃんの荷を倉庫に運ぶよう指示して、邸の方へ。

いや、ベアトリスちゃんの荷、これはあの子の私費、今まで貯めていたお小遣いを全て放出して買い込んだものなんだ。

そう、ベアトリスちゃん、ボーゼス伯爵領の代表としてではなく、自分自身が投資しての商業活動デビュー、ってわけだ。

これの儲《もう》けは、勿論、ボーゼス家とは別で、ベアトリスちゃん個人のものだ。

商人達がたくさんの荷を持ち込むボーゼス領ではなく、うちで捌《さば》く、ってとこが、しっかりしてる。そして、この取引でうちの販売ルートに食い込むつもりだ。

遣り手だねぇ……。

あの子は、私が育てた！

……些《いささ》か、育ち過ぎ！

特に、胸とか。

クソっ‼

ま、いくら貴族とはいえ、所詮は子供が貯めたお小遣いだ。

しかし、『されど、貴族の子女の全財産』であり、こっそりと自分のアクセサリーの一部を売って換金したとかで、平民から見ればそこそこの金額ではある。日本でサラリーマンが株や先物取引にデビューする時の、最初の種銭とかよりは遥《はる》かに多い。

……レバレッジをかけたりしちゃ駄目だよ、ベアトリスちゃん……。


邸の玄関に近付いても、誰も出てこない。

私が戻ったことは、馬車の音やざわめき、馬のいななき等で分かっているはずだ。いつものコレットちゃんなら、とっくに飛び出してきているはず。

勿論、他の使用人達も迎えに出ているはずだ。

……ということは……。

「「「「「お帰りなさいませ！」」」」」

うん、扉の内側で待ち構えているに決まってるよねぇ……。

真正面に立っていたコレットちゃんが、クソ真面目な顔で歩《あゆ》み寄ってきた。

そして、私の前で姿勢を正し、びしっと敬礼。

「ヤマノ子爵領、特異事象なし。人員・機材、異状なし!!」

「御苦労!」

「指揮権《ユーハブ・コントロール》をお返しします!」

「指揮権《アイハブ・コントロール》を受け取った!」


「ミツハ、お帰り～!!」

儀式を終えた途端、そう言って、私に飛び付いてくるコレットちゃん。

うん、かなり長かったからねぇ、今回の旅は。

1ヵ月弱もの間、私達が全く会わずに過ごすのって、いつ以来だろうか……。

多分、邸から飛び出して真っ先に私に飛び付きたかっただろうに、正規の引き継ぎをするまでちゃんと我慢していたんだ。偉いぞ、コレットちゃん!

あ、『ユーハブ』、『アイハブ』っていうのは、正操縦士《メインパイロット》と副操縦士《コ・パイ》が操縦の主導権を移譲する時のお約束の台詞で、操縦がどちらの管理下にあるかということを明示するために必ず口にする決まり文句だ。それを真似て、私が勝手に制定した手順だ。

……なぜそんな台詞を作ったか?

それは勿論、『カッコいいから』に決まってるよ！

ほら、使用人のみんなが、ほおっ、というような、感心した顔で私とコレットちゃんを見てるでしょ！　こういう小さなことの積み重ねで、尊敬の心とかが育っていくんだよ。

それと、コレットちゃんがヤマノ子爵家の重臣なんだということが、自然に擦り込まれるからね。

そう、私の不在時を預かる、我がヤマノ子爵家のＮｏ．２《ナンバー・ツー》なんだからね、コレットちゃんは！

ミリアムさんやヴィレムさん、執事のアントンさん達は、あくまでもスタッフ、参謀役であり、次席指揮官とかじゃない。私の不在時にヤマノ子爵領《わたしのいえ》を任せるのは、コレットちゃんだ。

私を絶対に裏切ることのない、大切なお友達。

それに、地球の知識やウルフファングの存在、そして邸に隠してある非常用の武器弾薬の存在を知らずして、正しい判断が下せるはずがない。敵に降伏するか、私の帰りを待ち、徹底抗戦して持《も》ち堪《こた》えるかの判断とかをね。

なので、戦術面での判断はヴィレムさんに、政策面での判断はミリアムさんに任せるとしても、戦略的な判断、そしてヤマノ子爵領の運命を決めるような最終判断は、私がいない場合にはコレットちゃんに委ねてある。隠し武器庫の開放に関する権限の一部を含めて……。

あ、コレットちゃんを養女にしちゃおうかな。

そうすれば、万一の時にはコレットちゃんがヤマノ子爵家を継いでくれるし。

幼女の養女。

……うん、いいかもしんない……。
将来的には、妖女になったりして……。

第七十五章　第三王女

「隣国の王太子殿下が来られるのだ、さすがに我《わ》が儘《まま》は許せんぞ！」

「「「はい……」」」

ヴァネル王国国王の、いつにない厳しい表情での指示に、仕方なくそう返事する王妃と第一・第二王女。

第三王女も、こくりと頷《うなず》いている。

「機嫌を直せ！　別に、家族同伴のパーティーを開くわけではないのだ、ただの晩餐会《ばんさんかい》で、妻子が出席するのは王妃と王女であるお前達だけだ。それなら、何の問題もなかろう！

そもそも、この程度の外交文書の交換にわざわざ王太子殿下が来るわけがないであろうが！

お前達が顔見せをせずに、どうするというのだ。侮辱されたと思われて、隣国との関係が悪化したらどうする！　お前達、その責任が取れるのか？　つまらない我が儘で国益を損ないましたと、国民に詫《わ》びられるのか？」

「「「うっ……」」」

ヤマノ子爵領産の化粧品やアクセサリー、食べ物、その他色々なものが自由に手に入らず、特に入手できる化粧品の質において一部の貴族家の夫人や令嬢達に越えがたい差をつけられてしまい、国王を非難して人前に出ることを拒否した王妃と王女達であったが、さすがにこれは断れない。

そもそも、王太子来訪の本当の目的は、『王女達との顔合わせ』なのであるから……。

それに、ヤマノ領産の化粧品も、全く手に入れられないというわけではない。

普通の貴族家であればともかく、仮にも王妃と王女なのである。裏から手を回し、圧力を掛ければ、ある程度は何とかなる。

……但し、『ソサエティー』にのみ出回っているものは無理であったが……。

当たり前である。全てを失う危険を冒そうとする者が、メンバーの中にいるはずがなかった。

自分の輝かしい未来を約束してくれる、夢の楽園、『ソサエティー』。

そして、もしそこを不名誉除籍となれば……。

楽園追放。

聖女達のグループからの除籍処分。

それを聞いた者達に、どう思われるか。

……それは、社交界における『死』を意味していた。

それも、決して復権することの叶《かな》わぬ、完璧な死。地獄の最下層より、更に下に落ちるのである。

決して裏切り者が出ることのない、みんなが知っている秘密結社、『ソサエティー』。

その団結と忠誠心は、ミツハの想像を遥《はる》かに超えていた……。

「では、ヴァレス殿下御一行を歓迎して、乾杯！」

「「「「「乾杯!!」」」」」

堅苦しいことは避け、ヴァネル王国側は国王一家と宰相、大臣クラスの者達のみでの、隣国王太子一行を迎えての晩餐会。

外交文書の交換のために訪れた一行であるが、勿論《もちろん》、本当の目的は3人の王女達との顔合わせである。

次期国王であり見目も良く、切れ者で人柄も良いと評判の、周辺国の王族の少女達が何とか接触を持ちたいと狙っている超目玉商品。そしてこの国の隣国であるため、他国ではあるが嫁ぐことに対する不安が少ない。

国同士の関係も強化されるため、国王夫妻や大臣達が良い話になることを望んでいるのは勿論であるが、それ以前に、王女達が非常に乗り気であった。3人の王女達、全員が。

そして……。

＊　＊

ぎぃん！

今、晩餐会の会場に、途轍《とてつ》もない冷気が漂っていた。

……主に、第一王女と第二王女の辺りを中心として……。

「ネ、ネネネ、ネレーア、そ、そそそ、それはいったいどういうわけかしら……」

「あ、あああ、あなた、そ、そそそ、そんな卑怯《ひきょう》な……」

そう、第一王女、第二王女、そして王妃殿下がぷるぷると震えながら見詰める第三王女は、やらかしてしまっていた。

家族や王宮の皆には内緒で、第三王女としてではなくネレーア・ド・ウェクター女子爵として入会した『ソサエティー』で手に入れた最高級の化粧品を使い、仲間達にお願いして全力で化粧してもらった、その姿。しかも、アクセサリーはミツハからレンタルで借り受けた品である。

……勿論、レンタル料は取られたが……。

そして化粧に協力してもらうため王宮に招いた『ソサエティー』の仲間達3人は、現在ネレーアの私室で待機している。部屋の中は好きに弄《いじ》っても構わない、と言われて、興味津々で部屋中を見て廻《まわ》りながら……。

……で、以前意中の伯爵家長男を落とすために『ソサエティー』の仲間達に救援要請を出した時の、カーレア・ド・シーレバート伯爵令嬢にほぼ匹敵する仕上がりとなったネレーア第三王女の戦闘力は、ふたりの姉など相手《ザコども》にもならないほど強力であった。

……おまけに、一番若い。

わなわなと震える姉達をスルーして、にっこりと微笑むネレーア王女。

（（ぐぬぬぬぬ……））

怒りと悔しさに歯を食いしばるふたりの姉であるが、ここで醜態を晒《さら》すわけにはいかない。

結婚するならば、上から順番。それが普通なので、まだ婚約していないわけではない姉達は、条件としては妹より有利なはずであった。

……勿論、他の要素を全く考慮しないのであれば、という条件が付くが。

なので、まだ勝負は決まったわけではない。

そう、まだ、慌てるような時間ではなかった。

そして料理が運ばれ、それぞれの前にサーブされ始めた。

給仕役には見目の良い者達が選ばれたのか、中にはまだ若い女性達も含まれていた。そして
……。

「あ！」

かちゃん、と小さな音がして、テーブルにやや勢いをつけて滑り落ちた肉料理の皿から料理の一部がこぼれ落ち、ソースがテーブルクロスと、そしてネレーア王女のドレスを汚した。

「「「「「なっ!!」」」」」

決して起こるはずのないミス。あってはならない粗相。

凍り付く一同と、蒼白《そうはく》になって立ち尽くす給仕の女性。

他国の王族を迎えての大事な場での、選《よ》りに選って、王女殿下に対する大失態。

……ただで済むはずがなかった。

　ヴァネル王国側だけでなく、王太子側も、凍り付いたまま誰も動かず、誰もひと言も発さない。

　不作法に対する怒りではなく、この哀れな女性の、おそらくはとても過酷であろうこの先の運命が、あまりにも不憫《ふびん》に思えて……。

「あら、緊張し過ぎて手を滑らせちゃったのかしら？　気にしなくてもいいわよ、大したことじゃないから」

　そう言って、皿からこぼれ落ちた肉片をひょいと摘まみ、お皿に戻したネレーア王女。

「「「「「え……」」」」」

　驚きに眼を剝《む》く面々に向かって、ネレーア王女は再びにっこりと微笑んだ。

「何も問題ありませんわ。テーブルクロスは洗濯《ランドリー》メイドの皆さんがきちんと洗濯してくださっているのですから……。そして、ドレスにもテーブルクロスにも、使用人ひとりを失ってもいいほどの価値はありませんわ」

　ヴァネル王国側はまだ固まっているが、王太子側の人々の顔には安堵《あんど》と感心したような表情が浮かび始めた。

　……そう、誰も、些細《ささい》な失敗でひとりの女性の人生が台無しになるところを見たいわけではないだろう。

　当事者である王女殿下が不問に付すと断言したのであれば、大事にはなるまい。そう思うと、ほっとした気持ちになるのも無理はない。平民のことも大切に思う、良き貴族、良き王族であるならば。

「……でも、上司や同僚に対して申し訳なくて、職場に居づらくなっちゃうわよね……。そうだ、あなた、私の王女付女官《レディ・イン・ウェイティング》になりなさい。後で話を通しておいてあげるわ」

「「「「「ええええええええ!!」」」」」

堪《たま》らず、もう何度目かになる驚きの声を再び上げてしまった一同。今度は、ヴァネル王国側、王太子側の全員であった。

そして……。

(何と優しく、そしてよく気の回る聡明《そうめい》な少女なのだ……。確か、まだ12歳と聞いているが……。その年齢《とし》で、これだけの平民に対する心遣いと、何事にも動じず、優れた対処を行えるとは……。

……そして、美しい……)

王太子殿下の興味と視線が、ネレーア王女に集中していた。当然のことながら……。

にやり

心の中で、そっと笑うネレーア王女。

そして……。

にやり

同じく、心の中で笑う給仕の女性。

勿論、最初から仕組まれたことであった。

絶対に悪いようにはしない、という約束のもと、危険を承知で乗った賭け。

そして彼女は、見事にその賭けに勝ち、王女付女官という夢のような地位を手に入れることに成功したのであった……。

そしてネレーア王女は、自分のためならば危険も顧《かえり》みず、嘘《うそ》も悪事も平気でこなす、頼もしい腹心の部下を手に入れた。

甘ちゃんでは、王族はやっていられない。

もしミツハがここにいたなら、おそらく、こう呟《つぶや》いたことであろう。

『……ネレーア、恐ろしい子……』

＊　　＊

「しかし、ネレーア、ちゃんとした長台詞も喋《しゃべ》れるではないか……」

晩餐会の後で、いつも短い言葉しか喋らないネレーア王女にそう言った国王であるが……。

「きちんと相手をする価値のある人には、ちゃんと喋る……」

そう言って去っていったネレーア王女の後ろ姿を見ながら、がっくりと膝をついた国王は、悲しそうに呟いていた。

「父親である儂《わし》には、その価値がないと言うのか……」

思春期の少女というものは、大体、そういうものである。

……王様、ドンマイ！

そして、自室に戻ったネレーア王女は、作戦が上首尾に終わったことと料理と飲み物を部屋に運ぶよう指示したことを告げ、パジャマパーティーの開催を宣言した。

勿論、それとは別に、協力してくれた3人には充分な報酬を約束してある。金銭ではなく、『王族としての配慮』という形の報酬を……。

今日この日に、わざわざ『お友達が泊まり掛けで遊びに来てくれる』と告げているのだから、この化粧《ぬけがけ》に3人のお友達が関与していることは、既に悟られているであろう。母親と、ふたりの姉達に。

しかし、さすがに『遊びに来た、娘の友人』を訊問《じんもん》するわけにもいくまい。数時間前までは、ネレーアにそんなお友達が、と、国王を始め、王妃も姉達も大喜びしてくれていたのだから……。

そもそも、そんなことをすると、少女達の親である貴族との間で大問題になる。

そして、そんなに自分の事で喜んでくれていた姉達を平然と裏切った、ネレーア王女。

……鬼畜であった……。

ちなみに、3人の『ソサエティー』メンバー達には化粧の件しか話しておらず、給仕の仕込みについては教えていなかった。

そして今回の件は、ミツハはノータッチ、というか、この作戦そのものを知らなかった。ただ、ネレーア王女に頼まれて地球製のアクセサリーをレンタル……ミツハが買った価格を遥かに上回るという、暴利価格……で貸し出しただけである。

ミツハには何も知らせていないのは、ただ、『お友達を自宅に招いて、一緒にお化粧の練習をしただけ』なので、別に『ソサエティー』の活動とは関係ないため、相談や報告の必要はないとネレーア王女が考えたからである。なので、ネレーア王女には別に、ミツハに対する裏切りや隠し事をしているという認識はなかった。

なので、お礼《ほうしゅう》はネレーア王女が自分で用意したのであるが、友人達《しょうじょ》にとっては、それで充分であった。

この件、つまり『第三王女に貸しを作った』ということを親に報告すれば、おそらくかなりの御褒美が貰《もら》えるであろうことは確実である。

……姉姫達の怨みは第三王女のみに向かい、自分達にまで向かうことはあるまいと思えたので、そちらの方は心配していない。

「……しかし、大丈夫なのですか？　化粧品のことを知った王妃様や姉姫様達が、私達が帰った後にこの部屋を襲撃されるのでは……」

部屋に運ばれた料理を摘まみながら、心配そうにそう尋ねる少女に、ネレーア王女はあっさりと答えた。

「……明日、みんなと一緒に王宮を出て、しばらくの間隠れるから大丈夫。その間に少しは頭が冷えるだろうし、その頃には何とか私とは別ルートで化粧品を入手しようとして、私のことは頭から消えているはず……」

「で、でも、いくら王妃様でも、そう簡単には入手できないでしょう？　それが分かった頃にネレーア様がお戻りになれば、追及と、下手をすると血の雨が……」

メンバーの少女達がそう心配するのは、当然のことであった。

あの日、『ソサエティー』の第0回集会から戻った翌日、メイドに手伝わせてお化粧の練習をした状態で夕食に出た時の騒ぎと、その後の母親と姉妹達からの訊問、そしてそれに続く支給化粧品の強奪と化粧方法を教えるようにとの強制、父親や祖父母達をも巻き込んでの大騒ぎ、その他諸々……。

あの騒動から考えると、王妃様と姉姫様達がそう簡単に諦めるとは、どうしても思えなかった。

「……大丈夫。数年間隠れていれば、多分ほとぼりが冷めるから……」

「「「……長っ！　王族の言う『しばらく』って、長っっ‼」」」

＊　＊

「……というわけで、来た。しばらく、よろしく……」

「誰が面倒みるかあああぁ～～っっ‼」

いきなり物産店《ち》にやってきて、ふざけたことを抜かす第三王女のネレーア。

いくら断っても退かないため、仕方なく2階へ連れていった。

「おお、私の部屋へ案内……して……」

そして、2階の部屋を見て絶句する、ネレーア王女。

うん、生活臭がするものは何もないからね。ベッドも、チェストも、椅子も、テーブルも、何《なん》にも……。

そう、ここはただ、私が安全にこの街の中心部に転移するためのステーションとしての役割と、私がこの街に滞在しているのに宿に泊まっていないという不自然さがないように『ここに住んでいます』というアリバイ作りのために借りているだけで、物産店をやっているのは、ただのカムフラージュに過ぎない。

敵地でひとりで熟睡する、なんて危険を冒すつもりはないから、ここで寝たことは一度もない。

1階にあるトイレや浴室（タライに入れたお湯で身体《からだ》を拭くための小部屋）でさえ、一度も使ったことがない。

……トイレは、その都度、日本の自宅に転移して使っているのだ。

「ここに……住んで……いないの……」

アテが外れたのか、愕然《がくぜん》とした顔でそう言うネレーア王女に、無慈悲な宣告を。

「うん。ここは、ただ店をやっているだけで、住んでいるところから通っているの。

そして住んでいるところは、秘密。うちとの取引やお金目当て、その他諸々で、押し掛けられたり忍び込まれたり誘拐されたりするのは、あまり好きじゃないから」

好きじゃない、で済ませられるようなことじゃないけどね。

まぁ、冗談半分の言い回し、ただの言葉遊びだ。そして……。

「勿論、王族や王宮関係者、貴族達も含めてね」

そう、たとえ王女様でも教えるつもりはないよ、ということだ。

「…………困る」

「いや、知らんがな……」

そう、私にはそんな面倒事に関わるつもりはないし、そんな義務もない。

……でも、『ネレーア第三王女』とは無関係だけど、『「ソサエティー」のメンバーである、ネレーアちゃん』には、そう邪険な態度を取るわけにもいかない。

……くそ。

＊　　＊

「……というわけで、連れてきました。しばらく、よろしく……」

「誰が面倒みるかあああぁ～～っっ!!」

いきなり邸にやってきて、ふざけたことを抜かす私達に、お怒りのみっちゃん。

うん、どこかで聞いたような遣り取りだなぁ……。

「だって、他に心当たりがないんだもん……」

「こっ、この、友達が少ない常識なしの、馬鹿女がっっ!!」

「が～～ん！」

「が～～ん！」

擬音付きでショックを表明した私と、それを真似るネレーア王女。

「これ、ミシュリーヌ、いくら非常識な相手であっても、一応はお前の友人なのであろう。さすがにそこまで罵倒するのは気の毒であるし、淑女としてそのような汚い言葉を使うものではない。そんなところで立ち話などせず、とりあえず応接の間にお通ししなさい！」

私達が玄関で話していると、書斎から出てきて騒ぎに気付いたらしき侯爵が、奥の方から声を掛けてきた。

どうやら、怒鳴り声のみっちゃんの声は聞こえたけれど、普通に喋っている私とネレーア王女の声は聞こえていなかったみたいだ。

……つまり、侯爵様はみっちゃんの話し相手が誰だか気付いていない、ってことだ。

そして、みっちゃんをたしなめ、娘への来客を招き入れるために玄関にやってきた侯爵は、当然、目にすることとなった。

自分の娘が怒鳴りつけ、非常識な馬鹿女呼ばわりした相手の顔を。

「だ、だだだ……」

威力増幅魔法《ダイアキュート》の詠唱かな？

「第三王女殿下あああああぁ～～!!」

あ、倒れた……。

＊　＊

「……はっ！　な、何だ、夢か……。ははは、そうだよなぁ、まさかミシュリーヌが王女殿下を馬鹿女呼ばわりして怒鳴りつけるなどと、そんな常識外れのことが……」

ベッドの中で目を覚ましたミッチェル侯爵が、苦笑しながら起き上がろうとすると……。

「ざ～んねん、それが、夢じゃないんだよねぇ……」

「え？」

そして声の方へと振り返った侯爵の目に映ったのは……。

「ヤマノ子爵と、ネレーア王女殿下？」

一瞬、ぽかんとした後……。

「ぎゃあああああぁ!!」

「……あ、また気を失った……」

＊　＊

「馬鹿もんがあああぁ!!」

「ご、ごめんなさい……」

怒鳴る侯爵と、項垂《うなだ》れるみっちゃん。

ま、どんな理由があろうと、侯爵の娘が王女殿下を罵倒するのはマズいわなぁ……。

いや、みっちゃんが罵倒した相手は私なんだろうけど、私とネレーア王女の両方に向かって怒鳴ったし、押し掛けた件の当事者はネレーア王女だから、王女に対して怒鳴った、って言われても仕方ない状況だったからねぇ……。下手をすると、大事《おおごと》だ。

まぁ、私達3人は、さっきのみっちゃんの言葉は、『ネレーア第三王女』に対してのものではなく、私と、そして『「ソサエティー」の新人メンバー、ネレーア・ド・ウェクター女子爵』に対するものだと分かっているし、それに対して、ネレーアちゃんは『「ソサエティー」の平《ヒラ》メンバーが、会長に叱責された場合』の対応をするだけだということを知っている。

だからみっちゃんは、いくら私に対してのつもりではあっても、王女殿下の方を向いて平気であんなことを言えたのだ。でないと、仮にも上級貴族家の娘であるみっちゃんが、王女殿下に向かってあんな不用意なことを言うはずがない。

……でも、当然のことながら、侯爵はそれを知らないからねぇ……。

「……怒らないで。会長が怒ったのは、私のせい。事前説明をしなかった、私が悪い」

「……あ、はぁ……」

王女殿下にそう言われては、侯爵も怒れないよねぇ。

これでみっちゃんを叱り続ければ、それは全てネレーア王女を責めることになってしまう。『ソサエティー』のメンバーでもない侯爵が口にする言葉は、みっちゃんの場合とは違って、『ひとりの貴族からの、王女殿下に対する非難の言葉』になってしまうわけだ。

……うん、そりゃマズい。

そういうわけで、ネレーアちゃんのおかげで侯爵からの叱責を免れた……、って、そもそも叱責された原因はネレーアちゃんのせいだから、感謝すべき筋合いなんか、欠片もないよね、あはは。

で、ネレーアちゃんの口から状況の詳細が語られたわけなんだけど……。

「「鬼か!!」」

「…………」

善人（だと思う）であるふたりの姉姫様達に対する、悪魔の如《ごと》き所業。

一歩間違えると、ひとりの給仕の少女の人生を潰すことになったかもしれない危険な策略。

あまりの酷さに、声を荒らげる私とみっちゃん。

そして、不用意なことは言えないため、引《ひ》き攣《つ》った顔で黙り込む侯爵。

本当に、コイツは……。

あ。

「ネレーアちゃん、ひとつ気になることがあるんだけど、聞いていい？」

「うん、何？」

相変わらず、必要最小限の言葉しか喋らないなぁ、この子……。

でも、『うん』だけじゃなくて、『何？』という言葉が付けてあるだけ、私に対しては気を使ってくれているのかな？　……って、私に対するサービスは、その程度かい！

……まぁいいや。とにかく、気になっていたことを聞こう。

「今の話に出てきた、共犯者の給仕の子なんだけど……、ネレーアちゃんが根回しも何もしないまま王宮から逃げ出しちゃって、今頃、微妙な立場に立たされているとか、ないよね？　ちゃんと計画を全て説明してあり、今後のことも指示してあるよね？

まさか、何も説明してなくて、ネレーアちゃんに見捨てられた、とか思って絶望の淵《ふち》に沈んでいるとか、ないよね？　そしてそのまま数ヵ月とか放置するつもりじゃないよね？」

「あ……」

おいおいおいおいおいおいおいおいおいおい！

投げっぱなしジャーマンかよ！　首の骨が粉砕するわ!!

「すぐ戻りなさい！」

「……………分かった……」

どうやら、一応は『人間の心』とか『罪悪感』とかを持っていたらしい。ひと安心だ。

「「…………」」

そして、どうやら自分達の危機は免れたらしいと察知したものの、あまりのことに固まっている、みっちゃんと侯爵。

おーい、戻ってこーい……。

＊　＊

「ふぅ、どうなるかと思った……」

そう言って私が大きなため息を吐くと、みっちゃんと侯爵もそれに釣られたのか、私に続いて大きなため息を吐いていた。

そりゃまぁ、第三王女の家出の原因が自分の娘が主宰するサークル絡みで、しかも王女の潜伏先が自分の邸で、更に、みっちゃんだけならばともかく、邸には息子がふたりもいるとなれば……。

うん、侯爵が何かを企んだ、と取られても仕方ないよね。

下手をすれば、お家の存続に関わるかもしれない。

いくら侯爵家とはいっても、物事には限度というものがあるし、権力者には、それに対立する敵がいるものだからね。こんな恰好《かっこう》のネタ、そいつらが見逃すはずがないよね……。

「ああ、死ぬかと思った……」

侯爵が、何か、どこかの映画の主人公みたいなことを言っているけど、そう思うのも無理はないよね。本当に、社会的に死んでもおかしくない事態だったのだから……。

「で、ミツハ、ちゃんとフォローするんでしょうね？」

そして、みっちゃんがそんなことを言ってきた。

「も、勿論！」

うん、このままだと、王家の『仲良し3姉妹』が、喧嘩《けんか》して仲違《なかたが》いしてしまう。下手をすると、王家でいざこざが起きて、大問題だ。それを未然に防ぐためには……。

「化粧品を第一王女、第二王女にも提供します……」

「王妃様にも！　でないと、血の雨が降るわよ！」

「あ、ハイ……」

確かに……。

それに、王様には意趣返しをしようと思っていたけれど、別に王妃様や王女殿下達に怨《うら》みがあるわけじゃないし、いくら王族とはいえ、私のせいで家庭崩壊、とかいうのは見たくないよ。

そして、私達の会話を聞いていた侯爵が、眼を見開いて呟いた。

「ま、まさか、第三王女はそこまで考えて、姉姫様や王妃様のために自作自演でこのような真似《まね》を？

おお、何という家族思いな！　そして、何という策略家であることか!!」

「「それはない、絶対に!!」」

私とみっちゃんの声が、ハモった。

うん、それだけはない。

あれは、行動は腹黒いけれど、それは結果的にそうなるだけであって、一応は天然だ。

ただ、自分の望みを叶えるために、何の悪気もなく、思い付いた最適手段を実行に移すだけ。周りの迷惑は顧《かえり》みず。

そして、なまじ頭が回るせいで、被害甚大。

……人、それを『はた迷惑な疫病神』と言う……。

＊　＊

「次期主力艦の設計叩《たた》き台《だい》はどうなっている！」

「は、はい、それが、主任設計技師が軍港の方へ行っておりまして……」

「またか……。いい加減、何とかせねば……。いや、気持ちは分かるぞ、分かるんだが……」

造船関係者達が、少し目を離すとすぐに休暇を取って、軍港の街へ行ってしまう。

……今度こそ船魂《ふなだま》に会って会話を、とか呟きながら……。

いや、分かるってば！　俺だって、船が好きで海軍の、それも造船畑に進んだのだ。自分が造船に携わった船に魂が宿って、それが可愛い少女だとか言われたら、そりゃ飛んでいくだろう。

……事実、俺も既に2度ほど休暇を取って行っている。

残念ながら、姿を現してくれることはなかったけどな……。

その代わり、亡くなった先々代の技術部長が若い頃に設計された老朽艦の延命願いを、艦隊司令部にねじ込んできた。砲撃演習の標的艦として沈めさせたりするものか!!

「……で、私も来週、軍港へ行きたいと思いますので、この休暇届にサインを……」

「駄目だ！」

そんなことは許可できん！

「しかし、我々には休暇を取る権利が……」

「来週は、もう俺が休暇を取る手続きを終えている。俺達がふたりとも同時に長期休暇を取るわけにはいかんだろうが……」

「え……」

早い者勝ちだ、悪く思うなよ……。

＊　＊

「ミツハさん、最近海軍関係者の様子がおかしいらしいですよ」

「え、どういうこと？」

レフィリアが、なにやら軍関係の情報を仕入れてきたらしい。

「造船関連の会社、木材業者、職人、その他諸々が、慌てているというか切羽詰まっているというか、とにかく様子がおかしくて、急に羽振りが悪くなってるようで……。

そして、なぜか海軍の、特に造船関連や船乗り達がそわそわと落ち着きがなく、上の者たちが規程いっぱいの休暇を取ったり……。それも、決して困っているような様子ではなく、逆に、機嫌がいいみたいで……。

とにかく、船関連で軍と民間業者の温度差が激しいんですよ。普通なら、問題が起これば両方同じような状態になるはずなのに……」

よぉし、計画通り……。

でも、このまま船魂に全く会えないとなると、イーラスだけが特別だったんじゃないかと思われて、『老朽艦の廃艦を中止して延命措置をするから、新造艦の計画を白紙に』という機運が次第に盛り下がるかも……。

……そうだ！

＊　＊

「……というわけで、ここに『ヤマノ子爵家船魂隊』を編成します！」

私の前に並んでいるのは、ノエル（11歳）、ニネット（13歳）、リア（5歳）達『ヤマノ家メイド少女隊』を筆頭に、ポーレット、カティ、ロレーナ、その他『ヤマノ家メイド成人隊』、そしてミリアムさんやグリットさん、イルゼちゃん達も加えた、船魂隊である。

「何よ、それ……」

呆《あき》れたようなコレットちゃんをスルーして、みんなに役割を教え込む。

あ、コレットちゃんは新大陸で私と一緒に行動しているから、船魂隊からは除外。

イーラスの時は夜だったし遠距離だったから、顔がはっきりと判別できるような状況じゃなかったので大丈夫だろうけど、今回の作戦には参加させられない。万一のことを考えると、無用な危険は冒すべきじゃない。

うちの国の貴族達には、『「渡り」は生命力を削る』と説明してあるけれど（寿命が縮むとは言っていない）、ボーゼス伯爵様やうちの使用人達には、それは少し大袈裟《おおげさ》に言ってある、と伝えている。

……でないと、私が自由に動けないから、やむなく、だ。勿論、口止めはしてある。

領主様兼自分達の雇い主兼 雷《いかずち》の姫巫女《ひめみこ》様兼救国の大英雄を裏切る者は、多分いない。女神を信仰する者は勿論だし、自分や家族の命や立場が惜しい者もね。

だから、『国を守るための極秘作戦である』、『女神からの神命である』って言えば、全力でやってくれる。

いや、神罰を盾にして脅されて、というわけじゃなくて、自発的にだよ、勿論！

……そして、特別ボーナスも出る。

よ～し、それじゃ、いってみよ～!!

＊　　＊

「あれは何だ？」

「鳥か？」

「いや、マストに止まった状態であんなにデカく見える海鳥はいないだろ……」

ヴァネル王国海軍の最新鋭軍艦、64門艦サルバリー号の甲板上で、デッキブラシで清掃作業をしていた数人の水夫達が、作業の手を止め、マストの上の物体を見上げながら話していた。

すると、その物体が、マストの上ですっくと立ち上がった。

そのシルエットは、どう見ても、13～14歳くらいの少女にしか見えなかった。

そして……。

『おにいちゃん達～、そこ、痒《かゆ》いからしっかり擦って汚れを落としてよね～！』

「……」

「「「…………」」」

「「「「「…………………」」」」」

「「「「「おおおおおお！　サルバリーちゃぁ～～んっっ!!」」」」」

その大声に、艦内から次々と船員達が飛び出してきた。勿論、船尾楼からは艦長や士官達が飛び出している。

「おお、おお、おおおおおおお!!」

「「「「「サルバリー！　サルバリー！　サルバリー!!」」」」」

乗員達の熱狂は、少女が手を振りながら姿を消すまで、いや、姿を消した後も、おさまることはなかった……。

＊　　＊

「巡検！」

艦内の異状の有無と乗員の秩序の維持を確認するために、担当士官が下士官と共に定期的に艦内を廻る。そして、人がいる部屋も、無人の部屋も、全て確認して廻るのであるが……。

現在勤務直であるため誰もいないはずの水夫寝室《おおべや》のドアを開けたところ……。

「あ」

「「……」」

木箱に腰掛け、堅焼きパンを齧《かじ》っている、10歳前後の少女。

そして、木箱（ミツハ入り）と共にふっと消え去った少女がいた場所に残された、齧り跡のついた堅焼きパン。

「「……」」

「「…………」」

＊　　＊

「あらあら、ご苦労さん！」

「え？」

こんなところで聞こえるはずのない声。

老朽艦の甲板上で聞こえた女性の声に、驚いて振り返った下士官の眼に映ったのは……。

27~28歳くらいの優しそうな女性と、その肩の上にちょこんと乗った、5~6歳くらいの幼女。

そしてその幼女が着けているゼッケンのようなものには、こう書かれていた。

『搭載短艇《カッター》』


「…………」

＊　＊

「ミツハさん、海軍で、またおかしな噂《うわさ》が流れているようです。何でも、『船魂を見た』とか、『一生この船を降りない』とか、精神に異常を来《きた》したのではないかと思われる、おかしな言動をする乗員が続出しているとかで……」

「ふふふ、計画通り……。

これで、イーラス以外の船にも船魂がいると確信したはず。ならば、軽々と老朽艦の廃艦処分はできまい。乗員や、建艦に携わった者たちが猛反対するに決まっているし、うまくいけば人権、いや、船魂権団体ができて、掻《か》き回《まわ》してくれるかも……」

「は、はぁ……」

よく分からないながらも、ミツハの思惑通りに進んでいるらしいと知り、曖昧な笑みを浮かべるレフィリアであった……。

＊　　＊

「ミツハ様、マストの上に立つの、滅茶苦茶怖かったですよっ！」

「あ～、ごめん。もし落ちたらすぐに転移できるように私がスタンバっていたから、安全ではあったんだけど、そりゃ怖いよねぇ……。

分かった、ニネットには特別危険手当を追加するから、それで我慢して頂戴」

「おおお、やった！」

（ラシェルさんには、短艇役のリアちゃんの分も特別手当を出したし……。メイドのみんな、臨時収入にホクホクだろうなぁ……。

ま、大盤振る舞いしておけば、また次に何かあっても喜んで手伝ってくれるだろうから、投資としては安いものか……）

そう考え、にっこりと微笑むミツハであった。

＊　　＊

「感謝する」

『ソサエティー』の会合《おちゃかい》で、ネレーアちゃんがそんなことを言ってきた。

出奔《しゅっぽん》未遂事件から一週間。その間に『船魂作戦』を遂行していたわけだけど、その前に、ちゃんとフォローしておいたのだ。

ネレーアちゃんがミッチェル侯爵邸から王宮へと戻ったすぐ後、手紙を書いて王宮へ届けさせたのである。宛名は、『ネレーア・ド・ウェクター女子爵』。

勿論、王宮で手紙の処理を担当している者達は全員、王族やその他の王宮関係者達の別名義や複数爵位は完全に把握しているので、手紙はちゃんと第三王女へと届けられたはず。差出人がみっちゃん、つまり侯爵家御令嬢なんだから、無下に扱われるはずがない。

そして、無事届いたということは、今のネレーアちゃんの言葉で証明されたわけだ。

あの日、ネレーアちゃんが立ち去ると同時にみっちゃんと緊急会議、その場で手紙を書いて、みっちゃんちの者にすぐに届けさせたのだ。『大急ぎ』と赤ペンで記入して……。

それが王宮でどれだけ考慮されるかは知らないけれど、少しでもネレーアちゃんが責められる時間が短くなれば、との、私達ふたりからの精一杯の心遣いだったんだけど……。

手紙の内容は、ネレーア・ド・ウェクター女子爵の家族構成の調査に不備があったこと、そのため、再調査の結果確認された女性家族、つまり母親と姉ふたりの分が購入割り当てに追加される、ということのお知らせである。

……これで、ネレーアちゃんの家庭問題は解決し、家出の必要はなくなるはずだ。

事実、ネレーアちゃんはそのまま王宮にいるらしいから、解決したのだろう。

実は、元々、王様一家をヤマノ子爵領からの輸入品販売先から締め出すつもりはなかったんだ。

そりゃ、ふざけた真似をしてくれた貴族連中は締め出したけど、結局王様は色々と手を回して入手するに決まってるから。

そして、その分、誰かが割を食うわけだ。

まぁ、そういうことをやっていれば王様の信望が落ちていくだろうけど、私は別に王家による支配体制を転覆させたいわけじゃない。

トップが代わっても、この国が軍事力で弱小国を侵略するという方向性が変わるわけじゃない。

それどころか、簒奪《さんだつ》やクーデターで無理矢理政権を奪取した場合、財界や軍部の機嫌取りや民衆の眼を逸らさせるために、他国への侵略をますます進める可能性がある。

そして勿論、楽に搾取することができる新天地を求めての、探検船団の派遣とかも……。

廃艦寸前の老朽艦と乗員の命の喪失を何とも思わないのであれば。

そして遺族に補償も何もしないのであれば、生還の確率が低い旅に海軍の兵士達を送り出すデメリットよりも、自分達の支持率が上がるというメリットの方が遥かに大きいだろう。……多分。

なので、コントロールしやすい状態、つまり安定した保守政権があって、そのトップが現状維持を望んでいる、ということの方が、私にとっては都合がいいわけだ。

野心に燃えた成り上がり者がトップになった場合、このレベルの社会であれば、多分暴走する。

そしてその結果は、地球の歴史書を読めば、大抵の予想は付く。

そういうわけで、王様一家は販売拒否リストに入れず、あの偽名……じゃないか、別爵位で名乗っている名前を拒否リストに入れただけだったんだ。そうすれば、王様は本来の名義で普通に買えるだろうと思って。

さすがに、あの別名義であるウォンレード伯爵とエフレッド子爵を拒否リストに入れないのは明らかに不自然だから、そこは外さざるを得なかったのだけど……。

そうしたら、各商店が気を回して、『ウォンレード伯爵とエフレッド子爵』である王様と王太子を自分達の拒否リストに加えちゃったんだよねぇ。その関係者達も含めて……。

私達があのふたりの正体を知っていて拒否リストに入れたと思い、万一自分達が指示に反してそのふたりにヤマノ子爵領の商品を売っていると判断され、拒否リストに加えられたら、と考えて、とてもそんな危険は冒せない、ってことになったのだろうけど……。

ま、その後、王妃様と姉姫様ふたりが少々問題のあるやり方でレフィリア貿易に対して化粧品の販売を強要したというのはアレだけど、王妃様と王女様達が貴族家の夫人や娘達に大きく後《おく》れを取る、しかも美貌面において、というのは許容できなかったのであろう。

……その気持ちは、よく理解できる。少なくとも、情状酌量の余地がある、と思えるくらいには。

なので、ネレーアちゃんに送った手紙に、『王妃様達が反省するのであれば』という条件付きで、あの温情措置を取ってもいい、と書いておいたのだ。

そのあたりのこともあって、多分ネレーアちゃんがメチャクチャ恩着せがましく説明して反省を促したのだろう。

全ては自分のおかげである、とか吹きまくって。

……鬼やな。

「現在、貴族や軍部、その他の国民達も皆、とうさまには頭が上がらない」

うん、ネレーアちゃんがそんなことを言い出したけど、あなたの『とうさま』って国王陛下なんだから、当たり前だよね、それって……。

「で、とうさまは、かあさまには頭が上がらない」

お……、おぅ。まぁ、そういうことはよくあるよね、普通の家庭でも……。

「そして今、かあさまも姉様達も、私には頭が上がらない……」

え？

「そして今、私は会長と副会長には頭が上がらない……」

ええ？

「そ、それって……」

「事実上、会長と副会長がこの国を支配しているということに……」

「なるかあああぁ～～っっ!!」

私と、隣で話を聞いていたみっちゃんの声が揃《そろ》った。

「陛下が、家庭内でのヒエラルキーと国政をごっちゃにしたり、公私混同したりするもんですか！」

みっちゃん、激おこ。

まぁ、上級貴族家の子弟としては、王族にそんな認識でいられては堪ったもんじゃないか。

しかも、ネレーアちゃんは本気で言ってるのか冗談なのかが全然読めないというところが、タチが悪い。

そして、何となく本気で言っているような気がするのが、更に最悪だ。

とにかく、ちょっと釘《くぎ》を刺しておこう。

「ネレーアちゃん、あなたは『ウェクター女子爵』だからね。そして、母親と、ふたりのお姉さんがいる。もしその人達が、私達やレフィリア貿易に対して『別の家名を名乗った』場合、それはもうウェクター女子爵の家族ではなく別の家の人だから、優遇の対象外になるよ？

そして、『ソサエティー』の会員資格を持っているのは『ネレーア・ド・ウェクター女子爵』であって、第三王女殿下とかいう『私達の知らない人』じゃないからね？」

真面目な顔で私がそう言い放つと、ネレーアちゃんは焦った顔でこくこくと必死で頷いていた。

うん、ここでは自分はあくまでも『ネレーア・ド・ウェクター女子爵』であり、その他の身分を口にするとマズいことになる、ということを理解してくれたようだ。

少々変わり者で傍若無人《ぼうじゃくぶじん》だけど、決して頭が悪いわけではなく、そして悪い人でもないのだろう。……ただ、少しアレなだけで……。

そして王家に、不和の種というのも生易しい、血の雨が降りそうな揉《も》め事《ごと》が起こるのを防ぐために女性陣には温情を掛けたが、さすがに男性陣に対しては、国王と王太子にも、そしてウォンレード伯爵とエフレッド子爵にも、そんな温情を掛けるつもりは全くない。

……別に、それが原因で家庭不和になるとかいう心配はないからね。

化粧品以外なら、そう無茶をして無理矢理手に入れようとすることもないだろう。

「……あの、弟用にスイーツと折り畳みナイフ《フォールディング》を購入したいのですけど……」

何だか、やけに下手《したて》に出て、そんなことを言い出したネレーアちゃん。

さすがに、変わり者ではあっても、弟は可愛いか……。

「「承認！」」

私とみっちゃんの声が揃った。

みっちゃんも、『弟』という言葉には弱かったか……。

そして、ちょっと剣呑《けんのん》な会話が交わされていた私達を心配そうに眺めていた他のメンバー達も、話が纏《まと》まったらしいと判断したのか、それぞれ普通の会話を交わし始めた。

うん、ここは麗しき乙女達の社交場。

優雅にいこう、優雅にね！

第七十六章　旧　友

「……光波《みつは》、太った？」

「な、ななな、何ですとおおぉ～～!!」

久し振りに会って、開口一番が、それかいっっ！

……いや、分かってはいた。

分かってはいたのだ、少々、ほんの少し、ごくごく僅か、心持ち、ふくよかになったんじゃないかな～、ということは……。

だって、仕方ないじゃない！

新大陸でのパーティーが続いて、うちの領民との懇親会が各町村ごとにあって、王都では貴族や大商人からのパーティーのお誘いがきて、そして新大陸の方のパーティーには出なくて済むようになったと思ったら、『ソサエティー』の会合で、毎回スイーツ三昧《ざんまい》……。

そりゃ、太るわ！

……そして何と、異世界関係や、断り続けている異世界懇談会《イセコン》方面だけでなく、日本の『表の世界』からもお誘いがきたよ！

うん、例の、ソーラー発電システムの会社のパーティーとやらに、招かれた。

何でも、立て続けに4件もの契約をしたものだから、私が日本各地の離島や山小屋等にソーラーシステムを設置していると思われて、自社の広告塔に仕立て上げようと企まれたらしいのだ。

……勿論《もちろん》、断った。

下手に『日本各地でソーラーシステムの普及に努める、美貌の少女』なんて宣伝に利用されて、それが大勢の目に触れたりしたら大変だ。

こっちの世界にも、『異世界の貴族』としての私を知っている者は大勢いるのだ。イセコンの参加者だけでなく、隠し撮りされたであろう私の写真を見ている情報関係者や、偉い人達とかが……。

ソーラーシステムの会社の人に、『主に、どんな用途に使われていますか』と聞かれたから、『宇宙要塞の攻撃！』って答えておいたよ。

そして、私が太った……、いやいや、『ほんの心持ち、ふくよかになったような気がしないでもない、今日この頃』となったもうひとつの理由は、アレである。

……転移。

他の世界を経由すれば、どこへでも一瞬のうちに移動できるから、交通費が節約できるのである。

……そして勿論、消費カロリー量の節約も……。

コンチキショーがああああぁっっ‼

「……そろそろ終わった？　妄想タイム……」

うるさいわ！


というわけで、大学の長期休暇で帰ってきたわけだ。初代みっちゃん、日本産の方が……。

「うちに儲《もう》けさせてくれてるんだって？」

「あ、うん……」

そう、お酒の大量購入は、もう田舎町の小さな商店で購入するには無理な量になっているから、ウルフファングの方に依頼している。

でも、それじゃあ最初の頃に色々とお世話になったみっちゃんのお父さんに申し訳ないから、レフィリア貿易を通さない分、つまり私が警備隊詰所の人だとかその他のお世話になっている人達に個人的に贈る分だとか、少しだけ発注する高価なやつとかは、相変わらずみっちゃんちで購入してる。勿論、日本酒だとか、どぶろく、梅酒とかもね。

……どぶろく、割と評判いいんだよね、向こうの世界でも。あれは『呑《の》むもの』ではなく、『食うもの』とか言ってたけど……。梅酒も、人気があるし。

その量から考えて、私が自分で飲むために買っているわけじゃないのはハッキリしているから、おじさんに心配されることはない。

購入は『19歳の少女、山野《やまの》光波』としてではなく、『彫刻　コレット』として購入している。

だから、未成年者にお酒を売ったとして問題になることはない。ただの、企業としての購入だからね。

別に経費として計上するわけじゃないから、用途とかは関係ない。経費にしないなら、接待費だとか福利厚生とかにこじつけたり説明したりする必要はないからね。

未成年者が個人的に買う、というのをごまかすだけのためだから、税金対策とかに利用するつもりはないよ。

「やはり、持つべきものは友！　おかげで、仕送りが少し増額されたよ！　大助かり‼」

うん、私からそう口添えしたからね。みっちゃんのお役に立てたようで、何よりだ。

学生の時の1万円と社会人になってからの1万円じゃ、値打ちが違うからねぇ。

そして、困っている時の助けは、困っていない時の助けに較《くら》べて、そのありがたさは10倍どころじゃない。

今まで色々と助けてくれていたみっちゃんに、少しでも恩返しができたなら重畳《ちょうじょう》だ。

「でも、光波が大学進学をやめて働くとは思っていなかったなぁ……。

そして、それよりも予想外だったのが、彫刻家になって、しかも成功しているらしいということ！

あり得ないでしょうが！　図画工作や美術の成績は最低ラインだった、あの光波が‼」

「うるさいわ！　それに、芸術とは、凡人には理解されないものなのよ！　だから、一介の美術教師には私の才能が理解されなかった。ただ、それだけのことだったのよ！」

「……でも、私や、他のクラスメイト達も、誰ひとりとして光波のセンスを理解することはできなかったけど……」

うるさいわ！

「世界には、生前は全く認められなくて、死後に有名になった芸術家が大勢いるじゃないの！それに、私の作品は国外で売れてるの！　国際的芸術家よ、国際的芸術家‼」

「う～ん……」

みっちゃんはまだ納得していないみたいだけど、みっちゃんちにはちゃんと事業所として発注してるし、証明のために、さっき事業所の開設届のコピーだとか、確定申告の書類だとか、国外発送の書類だとかを見せたんだから、そろそろ納得してもらわないと……。

「オーケーオーケー、とりあえず、『そういう可能性も、微レ存（微粒子レベルで存在するかもしれない）』ということにしておこう……」

まだ信じとらんのかいっ！

……いや、私がみっちゃんの立場だったら、絶対に信じないけどね！

「しかし、光波、そんなことをやってて、就職の方は……」

「いや、何言ってんのよ、これが仕事だよ！　個人事業主だよ、社長様だよっ！」

「……あ、そうか……」

う～ん、どうも、アルバイトか内職みたいに思われて、まともな仕事だとは思われていないな、こりゃ……。

おじさんから買ってるお酒の量から考えても、私が色々と手広くやってると察してもらえそうなものなんだけどなぁ。

やはり、私と芸術、というのが、どうしても頭の中で結びつかないのかなぁ。

ま、仕方ないか。自分でも、ちょっと無理があると思うからなぁ……。

＊　　＊

そうして、他の友人達の様子や、懐かしい昔話に興じて、そろそろいい時間に。

「じゃ、またね。大学は休暇が長いから、当分はこっちにいるからね」

「うん。まだ、私の方が不在がちなくらいだよね。結構忙しくてさ……」

「個人事業で暇なら、大事《おおごと》じゃん。文句言うと罰が当たるぞ！」

「あはは……。その通りでございます……」

領主というのは、決して『個人事業』じゃないけどね……。

そして、みっちゃんは帰っていった。

みっちゃんには、他にも会いたい元クラスメイトが大勢いるだろうからね。

お互いの大学生活について話し合える、今の私よりはずっと共通の話題が多い、元クラスメイト達が……。

ま、みっちゃんとは、この休暇中に、また何度か会えるだろう。他の元クラスメイト達とも会えるだろうし。

少なくとも、みんなが長期休暇に帰省してくる大学生であるうちは、旧交も温められるか……。

それ以降は、そういう機会も減っちゃうだろうなぁ。

多忙な仕事、短い休み、大学時代の友人、職場の同僚、恋人、新たな家族、身近にいて話が合うママ友、その他様々な人との出会いや付き合いがあって、実家があるというだけの、滅多に帰省しない田舎町に住む、高校時代の友人なんて……。

みんなは着々と未来へと進み、変わっていく。でも、私は……。

「い～んだよ、私は私、無理に変わろうとしなくても！」

そう、言葉にして呟《つぶや》いた。

私には、コレットちゃんも、サビーネちゃんも、そしてレフィリア、ルディナ達、みっちゃん2号、ボーゼス伯爵様御一家、ヤマノ領のみんな、時々遊びに行っている孤児院のみんな、ウルフファングのみんな、その他大勢の……、って……。

あれ？

これって、みっちゃん1号が大学生や社会人になって、新しい友人達が増えていくのと同じ？

私から見て、みっちゃんが遠くへ離れていっちゃうように思えても、みっちゃんから見れば、逆に私の方が離れていくように見えるのかも。たくさんの、新しい知り合い、新しい友人達に囲まれて……。

人は変わる。その立場も、人柄も。

そして、友情には賞味期限がある、と言う人がいる。

それは、真実であり、真実ではない。

私とみっちゃんの友情には、賞味期限というものがあるのかどうか。

そして、もし賞味期限があったとすれば、それは生《なま》モノの賞味期限か、カップ麺の賞味期限か、それとも岩塩の賞味期限か。

それを私やみっちゃんが知る日が来るのか、来ないのか……。

ま、今、深く考えても仕方ないか。

なるようになる。

ケ・セラ・セラ！

第七十七章　頑張れ！　軍人くん

「……ミツハちゃん、困ったことになっちゃった……」

久し振りに会った軍人くんが、泣きそうな顔で、そんなことを言い出した。

「いったい、どうしたの？　まぁ、こんなところで立ち話も何だから、とりあえず、いつものお店に……」

顔繋《つな》ぎと、例の『船魂作戦《ふなだま》』による状況を知りたくて軍人くんに会ったところ、何だか様子がおかしい。

軍人くんが乗っている船、『リヴァイアサン』には、船魂は出現していない。

これは、船魂が出現していない船の乗員が、今の船魂騒動をどのように受け取り、どう考えているかを調べるために、軍人くんの乗艦をわざと外したためだ。

勿論《もちろん》、他の全ての船に出現させたわけではなく、船魂が現れたのはほんの10隻前後であり、それはヴァネル王国海軍が保有する全艦艇の数からすると、ごく一部に過ぎない。

なので、その関係で困っているとは思えないんだけど……。

そして、いつもの店の、奥まったテーブル席を確保。

いや、こんな状態の軍人くんから話を聞くのに、外から見える席とか、店の真ん中あたりの席とかはマズいだろう。元々、この国の人から見ると異国人っぽくて少し目立つ私と、今の状態の軍人くんとの組み合わせでは、いささか目立ちすぎる。

注文を済ませ、飲み物が来るまでは話の核心には触れず、当《あ》たり障《さわ》りのない会話を。

そして、飲み物が来てウェイターが席から充分離れてから、他の客に聞こえないよう声を落として軍人くんに話し掛けた。

「……で、どうしたの？」

軍人くんが、自分の仕事や個人的なことで、会った途端に私にこんな顔で泣き付くような真似《まね》をするはずがない。海軍軍人としても、女の子の前では見栄を張りたい男の子としても。

……つまり、これは私絡みのことで、しかも私にとってマズい話、ということだ。

でも、私は軍人くんにとって、ただの女友達《ガールフレンド》に過ぎない。

別に、海軍軍人は女人《にょにん》禁制、とかいうわけでもあるまいし、軍人くんの友達という以外には何の関係もない私が、何らかの問題となるはずが……、って、ああっ！

「ま、まさか、先輩か上官に、私を譲れ、って強要されたの？」

うん、それしかない！

後輩から金持ちで美貌の少女を奪い取ろうという奴が湧いて出ても、不思議じゃない。

……いや、湧いて出て当然だ！　何せ、美貌の……

「いや、そんなことはない」

あ、ソウデスカ……。

「じゃあ、どうしたのよ！」

私の語調に少しトゲがあるように聞こえるのは、気のせいだ。

「……実は、司令官に呼ばれて……」

オイオイオイオイ！

軍人くんが乗っている艦の艦長が、大佐だったよね、確か。

他の艦は中佐が艦長だけど、軍人くんの乗艦は、最新鋭艦で戦隊の旗艦だから。

そして、同じく大佐である戦隊司令が乗艦している。

……戦隊『司令』だ。

でも、今、軍人くんは『司令官』って言った。『司令官』って……。

それって、もっと上の人じゃん。

まぁ、焦っても仕方ない。とにかく、話を聞くのが先決だ。

「先日、うちの艦長と戦隊司令に頼まれたナイフを受け取っただろ？　あれを受け取った戦隊司令が、何かの集まりで自慢したらしいんだ。それで……」

ああ、また、追加注文かな。

……いや、それだと、申し訳なさそうな顔はしても、女の子の前でこんな情けない顔はしないか。仮にも、男の子だもんねぇ。

「どこで入手したのか、って聞かれて、僕のことだけじゃなく、ミツハちゃんの名前まで出しちゃったらしくて……」

「いや、どうして戦隊司令が私の名前を知ってるのよ！」

「……ごめん……」

はいはい、戦隊司令に入手先を聞かれた時に、喋《しゃべ》っちゃったわけね……。

まぁ、自分の女友達《ガールフレンド》の名前を言ったところで、何の問題もないし。

それに、私、軍人くんにも『ミツハ』というファーストネームだけで、家名は名乗っていないしね。

軍人くんは何度も聞こうとしてきたけれど、私が色々と誤魔化してきたんだ。

そりゃ、適当な偽名を名乗ってもよかったけれど、不要な嘘《うそ》はなるべく吐《つ》きたくないし、軍人くんも、私が偽名を名乗れば簡単なのにそうせずに色々と言い訳をして教えないものだから、却って信用してくれている模様。

おそらく、身分や家格を知られたら自分が退《ひ》いてしまうのでは、と私が恐れているのだとでも思っているのだろうな。

……で、じゃあ、どんな問題が起きたかと言うと……。

「で、司令官が、ミツハに会いたい、って……」

「やっぱりイイイィ～～!!」

そういうわけで、司令官とやらに会うことになってしまった……。

いや、下っ端の軍人くんが、そんなの断れるわけないじゃん！

そして私も、『いくら偉い人でも、私は軍人じゃないから関係ありません』とか言って無視するわけにはいかないよねぇ。

いや、私は問題ないよ？　民間人で、軍とは関係ないんだから、平時において軍人の命令を聞く義務はないだろう。

……特に、知らないおっさん軍人からいきなり呼び付けられた未成年の少女、とかは。

下手をすれば、事案モノだろう。

でも、それだと軍人くんの立場がなくなっちゃうだろうからねぇ……。

そりゃ、私はこのまま姿を消して二度とここには来ない、ってことでもいいけど、軍人くんには色々とお世話になってるし、悪い人じゃないから、迷惑は掛けたくない。

……多分、『迷惑』程度では済まないだろうし。

別に、自分の女友達《ガールフレンド》を上官に紹介しなかったからといって、軍規的には問題ないだろうけど、ひとつ上の上官……兵曹あたり……ならばともかく、戦隊司令や、その上の艦隊司令官とかの頼みを蹴って恥を掻《か》かせた下っ端水兵が職場でどう扱われるかと考えると、……うん、ないわ〜……。

そういうわけで、私にできる返事は、これしかなかった。

「お招き、喜んでお受け致します……」

「全然、喜んでるようには見えないけど……」

うるさいわっ！

「ごめん……」

自分から言ったくせに、私がムッとしたのを察知したのか、そう言って素直に謝る軍人くん。

うん、私が嫌がってるって分かるなら、なのになぜ受けたか、っていうのも分かるよね、当然。

……そーだよ、てめーのためだよ!!

＊　　＊

「どうぞ、こちらへ」

案内されたのは、船ではなく、陸上にある司令部らしき建物。

そこの、如何にも『偉い人の部屋です！』と言わんばかりのところへと案内された、私と軍人くん。

そりゃ、私だけ、ってことはないよ。いくら下っ端でも、軍人くんが一緒に決まってる。

でないと、それこそ『軍とは何の関係もない少女を、勤務時間中に自室に呼び出したお偉いさん』ということになってしまう。

……アウト！

それも、ダブルプレーか、下手をするとトリプルプレー、一発チェンジかゲームセットものだ。

さすがに、そんな馬鹿な真似はするはずがない。

案内してくれているのは、若手士官。

どうしてこんな子供と水兵が、と怪訝《けげん》に思ってはいるだろうけど、対応はすごく丁寧だ。

そりゃ、今の私達は、『下っ端水兵と子供』ではなく、『司令官の招待客』だからね。ＶＩＰ扱いだよ。

そして、案内の人がドアをノックして、『お客様を御案内致しました』とか言って、そのままドアを開けてくれた。

ふぅん、『入れ！』とかの入室許可を待たずに、そのまま開けるんだ……。

まぁ、元々来客の時間は決まっているし、私室でもないのに中でおかしなことをしているわけがないよね。それに、『入れ！』というのは、案内の人に対してはいいけれど、一緒にいる来客に対しては失礼な言葉だからかな。

ま、そんなのはどうでもいいか。

私が先に立ち、部屋へと入る。

……呼ばれたのは私だし、軍人くんが『入ります！』とか言って先陣を切るには、この部屋はあまりにもハードルが高いだろう。

「失礼します。お招き戴き……」

「やっぱり、嬢ちゃんか……。そうだろうと思ったよ……」

え？

えええ？

私を知っている？　王都のパーティーかどこかで会った？　私が混乱していると、正面の高価そうな椅子に座っている人……当然、私達を呼び出した司令官……が、説明してくれた。

「バーで会っただろう、ミツハ嬢……」

「え？　あ、あの時の、バーのお客さんのひとり？」

あ〜、あの時、家名は名乗らなかったけど、『ミツハ』という名は名乗ったな、確か……。そして、戦隊司令経由で、軍人くんが漏らした『ミツハ』という名を聞いて、私だと思ったわけか……。

まぁ、このあたりでは珍しい名前だろうし、異国っぽい外見、そして『珍しいナイフ』と『珍しいお酒』という、『珍しい』繋がり。

そりゃ、どちらも異国産、と考えて連想するのも無理はないか。

……で、その私に、いったい何の用が？

「あの時、護衛を付けて送り届けようとしたのに急に消えるから、心配したぞ！　あまり大人を振り回すんじゃない！」

あ……。

「ごめんなさい……」

確かに、あんな時間に小娘がひとりで、なんて、心配させて当然か。私が悪かった……。

「で、実は、重要な話がある。おい、外へ出てドアを閉めろ！」

司令官の台詞の後半は、開いたままのドアのところに立っていた、案内の若手士官に対してのものだ。

そして、若手士官が部屋から出て、ドアが閉められた途端、まだ椅子を勧められてもおらず立ったままの私達に向かって、司令官が声をひそめて言った。

「……あの酒、手に入れられるか？」

重要な話って、それか～～い!!

「……あ、すまん、座ってくれ」

私達を立たせたままだということに気付いたのか、ようやくそう言って応接セットの方を手で示してくれた司令官。

そして自分も、執務用の席から立って、応接セットの椅子へと移動してきた。

いくらこっちが客でも、さすがに上座に座るわけにはいかない。そして勿論、こちらが先に座るわけにも……。

軍人くんも、いくら下っ端だとはいえ、さすがにそういう教育は受けているらしく、きちんと対応していた。

まぁ、軍人の《こういう》世界では、乗用車に乗る時は偉い人が先、バスや短艇《カッター》、エレベーターとかに乗る時は偉い人が後、とか、厳密に決められているそうだからなぁ……。昔、お兄ちゃんが言ってた。

で、お言葉に甘えて、司令官に続いて遠慮なく座って、と……。

軍人くんも、さっさと座る！

「……で、どうなんだ？」

「はい、売り物としてたくさん運ぶかどうかの参考にと、高いお酒を飲み慣れている皆さんに試飲して戴いたのです。結果が良好であれば、販売品目に加えようかと考えておりました」

「売り物？　……あ、その前に、その喋り方はやめてくれ。何だか気持ち悪い」

うるさいわ！

まぁ、私の喋り方が変だというわけではなく、バーでは普通に喋っていたから、取って付けたような敬語がしっくり来ないのだろう。仲のいい友人に、ある日突然敬語で話されたら、気持ち悪いもんね。それと同じなんだろう、多分。

「……分かった。でも、あとで無礼討ちや侮辱罪で軍法会議、ってのはナシね！」

「どこの暴君か！」

心外な、というような顔でそう言われたけど、貴族っぽく振る舞っている私はともかく、軍人くんに累が及ぶと申し訳ないからね。そのあたりは、ちゃんとしておかないと……。

「うち、他国から食べ物やお酒、その他色々なものを輸入してるの。あのお酒もそのうちのひとつで、あのレベルのを飲み慣れている人達に試飲してもらって様子を見ようと思ったのよ。

そして、お世辞やら言葉を飾った感想なんか聞いても何の役にも立たないから、みんなが飲んでる様子を観察してたの。

それで、好評みたいだったから輸入することにしたんだけど、……生産国でも大人気で品切れ、高値でほんの僅かしか手に入らなくなっちゃったの。なので、とても輸出に廻《まわ》せるほどの量は……。

まぁ、他のメーカーの同等品とかもあるし、似たやつで良ければ都合をつけられるけど……。

ほぼ、あれに匹敵するやつだよ」

そう、あの時に出した白州のシングルモルト12年物は、原酒が売り切れてメーカー休売中。

そりゃ、12年物を『好評につき、急遽《きゅうきょ》大量増産』ってわけにはいかないよねぇ……。

今、大量に仕込んでも、12年後にブームが終わってりゃ意味ないし。

ネットで何万も出せば手に入るかもしれないけれど、そこまでしなくてもいいだろう。

高値で摑《つか》んでも、その何倍もの価格で貴族や金持ち、軍の高官とかに売れるだろうとは思うよ？

でも、そういうのはあまりやりたくないし、地球の酒好きの皆さんに申し訳ない。だから、同じメーカーの他の製品か、他のメーカーの同等品でいいや。

「頼む！」

即答かい！　そして、『くっくっく……』という声が聞こえてきそうな、その悪い顔は……。

あ～、自分が飲んで楽しむだけでなく、他の者に自慢してやろう、とか考えてるよね、絶対……。

この国の高級士官は殆《ほとん》どが貴族だから、いくら高かろうが、金額なんか関係ないのだろう。

問題は、『いくらお金を積んでも手に入らないものが、自分には手に入れることができる』ってことで……。

でも、王都の貴族や金持ちの間には既に出回ってるよ、地球のお酒……。

まぁ、数は僅かだし、さすがに、白州12年レベルのはまだ売っていないけどね。

そして、この司令官さんにとって私は『行きつけのバーで知り合った、海軍贔屓《びいき》の貴族の娘』にして、『艦隊に勤務する若手水兵の女友達』に過ぎないけれど、この人経由で私が用意したお酒のことが広まれば、そのうちバレるよねぇ。

……私が、今、王都でブイブイ言わせている『ミツハ・フォン・ヤマノ子爵』その人だということが……。

いくら貴族であり軍の高官であっても、この軍港の街でずっと勤務しており王都に近付くことがなければ。そして貴族のパーティーに出ることがなければ、私のことを知る機会はないだろう。

そして、うちが扱っているお酒についても……。

でも、私が出たパーティーに出席したことがある者や、レフィリア貿易が扱うお酒を飲んだことがある者なら……。

お酒を飲んだだけであれば、ただ単に『あ、レフィリア貿易のお酒だ』で済むだろうけど、さっき私は、『うちが輸入している』と言った。

……ならば私は、レフィリア貿易かヤマノ子爵家、どちらかの者ということになり、そしてそこまで知っている者が『ミツハ』という名を聞いたなら、それがヤマノ子爵のことであることが分からないはずがない。

うん、別に隠す必要はないから、構わないんだけどね。隠すつもりがあれば、最初から偽名を使ってるよ。

王都とこの街の移動にかかる日数的に、私の行動について矛盾が出ない限り、問題ない。元々私は、あまり人前に姿を見せないし。……普段は日本や旧大陸にいるからね。

そして、実際には矛盾が生じていても、わざわざ私の滞在日を調べて比較しようなんて考える者が現れるとは思えない。そんなことをする意味がないからね。

この部屋に入ってから、軍人くんはひと言も喋らず、置物状態。

ま、それは仕方ない。今回用件があって呼ばれたのは私であって、軍人くんはただの水兵に過ぎず、司令官と話すことなんか何もないんだから。ただ単に、私を呼ぶためのオマケとしてくっついているだけの、言わば私の『付属品』だもんね。

でも、私が司令官とタメ口で話すような立場だと知って、以後の関係がぎくしゃくするようになったら嫌だなぁ……。

「それと、あのナイフ、もうひとつ手に入るか？」

はいはい。

テオドール様と言い、男ってのはみんな、ナイフが好きだよねぇ。お兄ちゃんもだけど……。

でも、似たような折り畳み《フォールディング》ナイフばかりじゃ芸がないかな。リクエストを聞いてみるか……。

「どんなのがいいですか？　同じような折り畳み《フォールディング》ナイフ？　それとも、鞘《シース》に入れるナイフ？　ダガーナイフ、ブーツナイフ、ツールナイフとか……」

「う～ん、とりあえず、折り畳み《フォールディング》ナイフを頼む」

とりあえず？　気に入ったら、あとで追加注文する気かい！

まぁ、折り畳みじゃないやつはこの国のと大差ない、と思っているのかな。

そりゃ、その他のは特殊な機構が付いているわけじゃないから、デザイン的なものが少し違う程度、とでも思っているのだろうな。

実は、使われている鋼の材質とか、グリップの材質、人間工学の粋を極めたデザインとか、かなり違うんだけどね。折り畳み《フォールディング》ナイフを見れば、そのあたりに気付くかもしれないけれど……。

ま、サバイバルナイフやコンバットナイフの類いは対象外にしておこう。

ダガーナイフ、ブーツナイフは、暗器っぽいから嫌なのかな。ツールナイフは、多分どんなものか分からず、ショボいやつだとでも思ったのかな？　武器としてではなく、軍用の道具としてはとても便利なのに……。

他にも、船乗りとか軍人が喜びそうな小物は色々とあるけれど、わざわざ便利なものを教えてあげる必要はない。渡さざるを得なくなったもので、あまり大きな影響を与えないもの限定だ。

あまりうちの科学が進んでいると思われるのは困る。

お酒や食べ物が美味《おい》しいと思われるのは、別に構わない。そういうのの美味しさと科学力は、あまり連動していないからね。

もしそうじゃないなら、イギリスは開発途上国未満の未開の地、ということになってしまう。

芸術作品とかも、そうだよね……。

そして、実はレフィリア貿易に卸している商品の中には、うちの領地で作っているものも混じっているのだ。……主に、容器として。

そりゃ、うちの領地の村でも、土器くらい作れるよ。縄文時代や弥生時代でも作れたんだから。本格的な窯じゃなくて、野焼きに毛の生えた程度、……弥生式よりは少しマシ、という程度なら、そう難しくはない。

勿論、そんなものを容器として売ったのでは、商売になるはずもない。

でも、その中に塩や香辛料が入っていたら？

そう、そういったものを入れて売るための容器として使ってるんだよね。

領民が作ったものを私が買い上げて、それに地球産の液体や粉末状、ペースト状の商品を入れて売る。

それを買った新大陸の人達が、中身を使ったあと、何かの容れ物《もの》として使おうが、捨てようが、それはその人達の自由だ。

……で、何が言いたいかというと、それらの容器を見た新大陸の人達は、うちの文明レベルが低いと思ってくれる、ってことだ。

香辛料が採れたり、美味しい食べ物があったり、宝石があったりするけれど、作っている壺《つぼ》や甕《かめ》を見た限りでは、あまり文明が進んでいるようには見えない、知名度の低い国。

うん、全然警戒する必要のない、輸出品で甘い汁が吸えそうな『良い国』だ。うむうむ。

そういうわけで、ナイフとお酒のための予算と、その予算内で何本のお酒が欲しいか、そしてどういうタイプのものが欲しいか……アルコール分強めか弱めか、ウイスキーとブランデーのどちらが欲しいか、リキュールは欲しいか、等……を確認した後、再び若手士官の先導で司令部を後にする私達であった……。

ちなみに、軍人くんの私に対する態度は、あの後も全然変わらなかった。

最初から私がかなりのお金持ちの家の娘だと思っていたそうで、顔立ちから移民系の家だと判断していたとか。

なので他国に親戚がいても不思議じゃないし、そういう繋がりで親が貿易商だというのは充分考えられるということで、想定の範囲内、とか言っていた。

まぁ、私が最初から金持ちの娘として振る舞っていたから、そう考えるのもおかしくはない。

でも、私がお金持ちだと思っていても、私にお金を出させたり、利用しようとしたりしないのは、立派だなぁ。さすが、ヴァネル王国の紳士！

おかしな下心なんかはないよね、勿論。

……ないよね？

第七十八章　パーティーまたたび

「やっぱり、５人かなぁ……」

「何が５人なの？」

ミツハが何やら呟《つぶや》いているのを聞き咎《とが》めたサビーネちゃんが、問《と》い質《ただ》した。

そう、こういう時のミツハは、ろくでもないことを考えているのが普通だからである。

「いや、私、コレットちゃん、サビーネちゃんで、３人でしょ。あと、候補としてはベアトリスちゃん、レフィリア、みっちゃん２号、ゲゲゲ姫とか……。まぁ、孤児院の子とかから選抜してもいいんだけど……」

「だから、何の話なのよ！」

話が全く見えないため、少し苛《いら》ついてきたサビーネちゃん。

「いや、パーティというか、チームというか、そういうのを考えていたんだよね、５人くらいの。ミツハ・ガールズとか、ミツハズ・エンジェルとか、平和戦隊ミツレンジャーとか……。で、やっぱりメンバーは５人が相場かなぁ、と……」

「…………」

心底呆《あき》れた、という冷たい眼でミツハを見るサビーネちゃんであるが……。

「やる！　私、加入するよ!!」

横から、そんなことを言って飛び付いてくるコレットちゃん。

そう、『そういうＤＶＤやブルーレイディスク』を何度も繰り返し見続けたコレットちゃんが、そんな面白そうな話を見逃すわけがなかった。

しかし、ミツハが考えているのが戦隊物なのに対して、コレットちゃんが思い浮かべているのは、魔法少女物であった。

戦隊物であれば、銃器で武装すれば真似事《まねごと》ができるかもしれない。

しかし、さすがのミツハも、魔法は使えそうになかった。

……そしてダリスソン王国のレミア王女、遂に『ゲゲゲ姫』と呼ばれるようになった模様である。

そしてコレットちゃんもサビーネちゃんも、それに対しては完全スルーであった……。

＊　＊

今日は、久し振りに新大陸、ヴァネル王国のパーティーに出席。

一応、社交界に出ている貴族家当主、という立場なので、他国の貴族とはいえ、少しは顔を出さなきゃなんない。それに、たまには情報収集をしなきゃね……。

『ソサエティー』のみんなはまだデビュー前の未成年だから誕生パーティー以外には出ていないし、もし出ていたとしても、子供が他家の大人達とそういう話ができるわけじゃないから、情報収集要員としては使えない。

それは、未成年（だと思われている）だけど当主だから普通のパーティーに出席できて、貿易に携わっているからそういう話をしてもおかしくない私でないと駄目だからねぇ……。

そういうわけで、久し振りにパーティー出席、というわけだ。船魂《ふなだま》関連の噂《うわさ》の状況も確認したいしね。

勿論《もちろん》、例の『ウォンレード伯爵とエフレッド子爵』は出ないやつ。

ちゃんと主催者である伯爵に念を押してあるし、私を嵌《は》めたあの伯爵がその後どうなったかを考えれば、私を騙《だま》そうとか裏切ろうとかするとは思えない。

……まぁ、もし裏切られたとすれば、またさっさと逃げ出せば済むことだ。

不意を衝かれて囲まれても、別に危害を加えられるわけじゃない。そのうち、お手洗いに行きたいとか、着替えたいとか、入浴しないと死んじゃうとか、色々と我《わ》が儘《まま》を言ってゴネれば、ひとりになれる機会くらいできるだろう。そうすれば、転移でドロン、だ。

……さすがに、まだこの国では、人前で堂々と転移で消えるわけにはいかないからねぇ。

そして敵対行動《そうなった》を取られた時は、私がこの国の社交界とは完全に縁を切るであろうことは、馬鹿にでも分かるだろう。

……そう、『この国の社交界とは』、だ。

なので、その引き金を引き、全ての責任を被ろうとする者は、まずいないよねぇ。

そういうわけで、あまり心配することなく出席した今回のパーティーは、海軍派閥のやつだ。

勿論、海軍派閥のパーティーとはいっても、別に海軍系統の貴族や軍人しか出ないというわけじゃない。『主催者が海軍寄りの貴族であり、招待客がそっち方面に少し偏っている』というだけであり、陸軍系の貴族や軍人、そういう派閥にはあまり関係のない人達、そして一代爵位を貰《もら》った大商人とかもいる。

……そして、ミッチェル侯爵もいた。

このパーティーは、侯爵とは関係なく自分で選び、出席したのだ。

自分でパーティーに関する情報を調べて、『ヤマノ子爵が行きたそうなことを口にしていた』という情報を使用人ルートでそっと流すと、翌日には招待状が届いた。

出席の返事をした後で確認すると、私が雇った者からその噂を『たまたま、偶然耳にして』当主に伝えたメイドの少女は、金貨1枚の特別報奨金を貰って驚喜、ベッドの上で転げ回っていたそうだ。

とにかく、ミッチェル侯爵は『ヤマノ子爵が出るパーティーを選別する』という役目から解放されたわけだ。……ここ最近は、開店休業状態ではあったけれどね。

でも、侯爵にとっては、それは『面倒事がひとつ減った』というわけじゃなく、『ヤマノ子爵からの信頼を失った』ということであり、社交上の大きな失点となったらしい。

ま、そうなった原因は国王一味の悪だくみのせいだということはその筋では公然のことらしく、侯爵には落ち度はない、ということになっているらしいけど……。

いや、あったからね！　私を怒らせた直接の原因は、侯爵のあの態度と物言いのせいだからね!!

まぁ、わざわざそれを触れて廻《まわ》ったりはしないけど……。

一応は、お友達《みっちゃん》のお父さんだからね……。

「ヤマノ子爵、久し振りのパーティー御参加とか？　お元気にしておられましたかな？」

あ、顔見知りの子爵さんが話し掛けてくれた。海軍の上級士官で、王都での陸上勤務になる前は、確か船に乗っていたはず。

私がパーティーから遠ざかっていた理由を知っているのにそれには触れず、ガッツと貿易品の話を聞き出そうともせず、さりげなく話し掛けてくれる。さすが、『スマートな船乗り』だけのことはあるなぁ……。

「あ、ハイ、周辺国を旅行して廻ったり、『ソサエティー』のお手伝いをしたり、国元から来た妹の相手をしたりで忙しかったただけなんです。身体《からだ》の方は、健康そのものです！」

いくら男性であり軍人であっても、王都にいて、『ソサエティー』のことを知らないはずはないだろう。

「ほほう、妹さんが？」

あ。コレットちゃんやサビーネちゃんを連れているところを見られた場合に備えて、一応話を振ってみたら、周囲の人達がみんなこっちに耳を傾けている……。

いや、王宮や間諜《かんちょう》を使っている人達にはとっくに知られてると思うけどね、私がコレットちゃんやサビーネちゃんを連れて歩いていることは。

そもそも、『ソサエティー』のメンバーが親に伝えているだろうからね、私の妹がこの国に来ていることは。……口止めも何もしていないんだから。

ま、その話はスルーして、と。

「あの、艦隊の船に『船魂』とかいうのが現れた、って聞いたんですけど……」

「そうなんだよ！　まず、最初に船魂が現れたのが、遭難した『イーラス』という船で、その船魂の姿が……」

ああっ、眼をきらきらと輝かせて、『熱弁モード』にはいっちゃったよ！

これって、お兄ちゃんに『誰かに詳細を説明したくて仕方がないネタ』について、うっかり聞いちゃった時のヤツだ！

……そう、俗に言うところの、『地雷を踏んだ』ってやつ……。


……延々と説明されたよ。

もう、船魂についての現場や上層部の反応を確認するために情報収集を行う必要はなくなった。

……もう、全部聞いた。

私はおそらく、この国で『船魂』関連の情報に詳しい者のうち、上位10本の指に入っていると思う。それくらい、詳しく、微《び》に入《い》り細《さい》を穿《うが》って説明された。周りで聞いていた人達が、いつの間にかみんないなくなっているくらいに……。

「そして、『エル・アルコン』に現れた船魂は、何とメイドの格好をしており……」

ひいぃ、まだ続くの？　誰か、助けて……。

「ヤマノ子爵、子爵が扱っておられる蒸留酒と化粧品について、提案があるのだが……」

何か、別の面倒くささうなの、キタ～！


「ヤマノ子爵、うちが面倒を見てやっている商会があるのだが、一度話を聞いてやってはもらえぬだろうか？」

「子爵、うちの娘が『ソサエティー』とやらに興味を持っているようなのですが、何とか入会させて戴くわけにはいきませんかな……」

あああ、みんな船魂の話が終わるのを待っていたらしいのに、割り込んできたどこかの伯爵を見て、抜け駆けされてなるものかと、一斉に突撃してきたああぁ～～！

「子爵、宝石の貿易について……」

「穀物の相場は如何ほどの……」

「香辛料が……」

「子爵！」

「子爵！」

「子爵！」

「子爵！」

あああああ～～！

どうして、こんなに私に集《たか》ってくるのよ～！

猫の集団の前に差し出された、マタタビの小枝かよっ！

『あっしには関わりのねぇことでござんす』

……それは『股旅《またたび》』！


私との会話の主導権を争って客同士の揉《も》め事《ごと》になる寸前のところを、主催者の伯爵が仲裁に入ってくれて、何とか場が落ち着いた。

……というか、仲裁の隙を衝いて私が逃げ出して、料理コーナーに退避したからだけどね。

料理を載せた取り皿を手に持っている者には話し掛けてはならない、というありがたいマナーには、いつも助けられているよ。

多分、料理を口に入れている時に話し掛けられると困るから、という理由だけでなく、男にしつこく話し掛けられて困っている女性を救済するための、先人の知恵、というやつかもしれないな。

このマナー、旧大陸と同じなんだけど、たまたま社交界として必要なルールだから同じようなものが自然にできたのか、昔、どちらかの大陸の者が海を渡ってやってきて、広めたものなのか……。

しかし、主催者の伯爵、ちゃんと主人役《ホスト》としての仕事をこなしてくれたのは、助かった。どこぞやの伯爵野郎とは大違いだよ、うん。

ちょっと、何かで便宜を図ってあげようかな。

ヤマノ子爵に誠意を示せば見返りがある、って噂が広まれば、何かと便利かも。

……うん、『見返りがあるかも、という噂が流れる』というだけなので、私は何も約束するわけじゃないから、何の義務もない。ときたま、気紛れで便宜を図ってあげるだけだ。別に私の損になるようなことじゃなく、相手を誰にしても私の利益は変わらない、というような時とか、充分私にもメリットがあるような場合とかに。

うむうむ。


……そろそろいいかな。

さっきは、抜け駆け野郎のせいで堤防が決壊したけれど、普通ならあんなことは起こらない。仮にも、貴族のパーティー、紳士淑女の社交の場なんだから、無様《ぶざま》で無粋《ぶすい》な真似や、はしたない姿を晒《さら》すようなことはない、……はずだ。

なので、貴族の矜持《きょうじ》に期待して、取り皿をテーブルに置いて、グラス（ノンアルコールのジュース）片手に、皆の方へと。

……飲み物は、手にしていても話し掛けて構わない、ってことになってる。

ま、そりゃそうか。

「ヤマノ子爵、近隣の国々を旅して廻られたとか？　何か面白いものはありましたかな？」

うんうん、こういう話題から始めるもんだよね、紳士淑女の会話というものは……。

そして、何気ない話題のようだけど、私が周辺国を廻った目的……外交、商売、情報収集、その他諸々……についてのヒントを探ろうとしているわけだ。

うんうん、いいねいいね、腹の探り合いというか、情報戦というか……。社交界たるものの本領発揮、ってわけだ。

「いえいえ、ただの物見遊山《ものみゆさん》の旅で、有名な観光地を巡《めぐ》っただけですよ。

……ついでに、レフィリア貿易の提携店に顔を出してきましたけど……」


ぴくっ！

ぴくくっ‼


ふふふ、周りで耳をそばだてている連中が、面白いように反応しているぞ。

レフィリア貿易が周辺国に提携店を持っていること、それも一国につき一店のみという基準であることは、当然、とっくに知られているだろう。

それが、レフィリア貿易との繋《つな》がりだけでなく、直接ヤマノ子爵家とも繋がっているということが、今、はっきりと公表されたわけだ。

……つまり、レフィリア貿易に何かあった場合、ヤマノ子爵家は主要取引先を他国の商店に移すことが可能であり、その場合、拠点そのものをその国へと移す可能性がある、ってことだ。

その『レフィリア貿易にあったこと』が、何者かの悪意によるものだとか、私が危険を感じたり、この国を拠点とすることが不適当だと判断するような『残念な出来事』であった場合とかは、特に……。

　僅かな会話の中に、こちらから伝えたい情報をさり気なく仕込み、相手の動きを封じる。

　香辛料の容器をうちの領で作った粗末なやつにして、うちの国の技術力が低いと思わせる作戦とかの、欺瞞《ぎまん》活動の方も順調だ。

「ヤマノ子爵、ひとつ、お伺いしても良いかな？」

　次に、別の貴族、……ええと、子爵かな、40歳くらいの人が話し掛けてきた。

「はい、何でしょうか？」

「どうして、ヤマノ子爵領から運ばれてくるお酒の瓶はあんなに高度な技術で作られているのに、塩や香辛料が入れてある容器は全て粗末な作りなのだ？」

「あ……」

　しまった！　お酒を全部こっちの瓶に詰め替えるのは大変すぎるから、そのまま売ることにしたんだった！　そして、あの瓶が作れるのに、他のものはあんな初歩的な土器に入れて売るとか、不自然にも程があるゥ！

「あ、アレは、お酒の瓶は他国から輸入していまして、母国では回収して何度も再利用しているんですよ！　お酒の容器は、丈夫で見た目もいいものでないと台無しですからね。割れたり漏れたり、おかしな味や匂いが付いたりしたら大変だし！

　その点、塩とかは容器が割れても大部分は回収できるし、容器にそんなに高いお金をかけるような商品じゃないから……」

よし、完璧な回答だ！　完璧の母‼

「いや、しかし、胡椒《こしょう》まであんな脆《もろ》くて安物の壺《つぼ》なのはおかしいだろう？　胡椒やクミンとかは、お酒以上に高価なものだから、あんな容器ではなく……」

うあぁ、うるせー！　しつこいぞ、テメー‼

「い〜んですよ、細かいこたー！」

＊　＊

「……というようなことがありました……」

「ぶわっはっはァ！　そりゃ、この国で売ってる酒をそのまま売りゃあ、怪しまれるに決まってるだろうが！　ラベルの文字とかも、どこの国の文字だよ、ってことになるだろうが……」

「…………」

地球に戻って、話に少しフェイクをかけてウルフファングの隊長さんに話したら、思い切り馬鹿にされて笑われた。

「いや、だって、全部向こうの容器に入れ替えるのは面倒すぎるんだよ！　容器の容量にもブレがあるし、割れやすいし、密閉度の問題、フタの問題、その他諸々……。だから、仕方ないんだよ！」

そう、仕方ないのだ！

「それと、私が女友達《ガールフレンド》になってあげた男の子がね」

ガタガタガタッ！

……え？　どうして、周りでそれとなく私と隊長さんの話を聞いていた隊員さん達が色めき立つのよ？

「じょ、嬢ちゃん、そいつの彼女《ガールフレンド》になったのか！」

え？

えええええ？

「なっ、何言って……。ただの女友達《ガールフレンド》、って……。

あれ？　あれれ？　いや、その、えええ？」

おかしい。

頭の中で、ひとつの言葉が異なる意味を持って交差している……。

女友達《ガールフレンド》。……恋愛感情のない、ただの女性の友達。

彼女《ガールフレンド》。……恋愛関係にある、女性の恋人。

ああっ！　私が喋《しゃべ》る時には、既に日本語と化している『ガールフレンド』という言葉を意識しているから、日本での意味である『ただの友達』と認識するけれど、隊長さんが喋っている英語の中の『ガールフレンド』は、英語での意味である『彼女』という意味で受け取っているんだ！

英語だと、『彼女』は『Lover』と違うんかいっ！

え？　それは『恋人』？

ただの女友達は『friend』？　『ガール』は無しで、男女共通？

はっ！

私、まさか軍人くんの前で『ガールフレンド』って口に出してないよね？

え〜と、え〜と……、大丈夫、脳内でしか使ってない！

セエエエェフウゥゥゥ……！

あ、でも、私が日本の『ガールフレンド』の意味で喋ろうとすれば、当然現地のそれに相当する言葉で喋ることになるわけだから、問題ないのか！

たまたま、完全に日本語化した英単語を『日本語』として認識している私と、それと同じ発音で意味が近い単語を使っている……というか、本家本元の……英語を常用語としている人との会話という、不幸な偶然がもたらした悲劇であった……。

ウルフファングのみんなの誤解を解いておかないと、今後色々と弄《いじ》られたり、マズいことになりそうだなぁ。

仕方ない、詳細説明を行うか。

……ハァ。

第七十九章　姉様

久し振りのパーティー任務をこなし、ウルフファングのみんなに弄《いじ》られて、王都の雑貨屋ミツハへ。

……疲れた。今日は、店は開けずに3階でゆっくり休もう……。

「あ、お邪魔してます……」

3階の居間に入ると、サビーネちゃんのお姉さん……『ちい姉様』の方……が、私に向かってぺこりと頭を下げた。

サビーネちゃん？　弟のルーヘン君とシューティングゲームで撃ち合っているから、それどころじゃないらしい。

「……あれ、ミツハ姉様、帰ってきてたんだ……」

今はちい姉様がいるから、私の方にも名前を付けて呼んでいるサビーネちゃん。

ゲームに夢中で、私が帰ってきたのに気付いていなかったか……。

「守ってるんだろうね、ゲームの制限時間……。違反していたら、1日1時間に制限を強化するよ？」

「そ、そんな、非・論理的な……」

サビーネちゃんの焦り具合。怪しいなぁ……。

ん？

「あれれ～？　おかしいなぁ。どうしてこんなにたくさんのお菓子の空き袋があるのかな～……」

「げえっ！」

「あれれ～？　おかしいなぁ。どうして急にサビーネちゃんの顔色が悪くなったのかな～……」

「ぐはぁ！」

「ミツハ様、サビーネを許してやってくださいまし。実は、サビーネは私を守るために……」

事情が変わった！

「詳しく！」

「は、はい。実は、意に染まぬ結婚話を持ち込まれ、それから逃れるために、ここに身を隠すことに。この王都で王宮からの追っ手が侵入することができないのは、ここしかありませんので……」

「なる程……。でも、貴族や王族の娘は、政略結婚のため親が決めた相手と結婚するのが義務なのでは？　そのために、国民の血税で贅沢《ぜいたく》な暮らしをさせてもらっているのでは？　それを、美味《おい》しいとこだけ取って、義務を果たさないというのは……」

「「が～～ん！」」

「が、が～～ん！」

サビーネちゃんと第2王女、そしてワンテンポ遅れて第2王子のルーヘン君が、私の言葉にショックを受けた旨の意思表示を行った。擬音を口にして……。

「いや、そういうもんじゃないの？」

「そ、それは確かにそうだけど、まさかミツハ姉様がそんなことを言うとは思わなくて……。ミツハ姉様なら、あの、ほら……」

「助けてくれる、って？」

「うん……」

いや、確かに私は男女同権、女性が道具扱いされることのない世界で育ち、そういう価値観を持っている。

……でもそれは、私が『そういう世界』で暮らしているからだ。

この世界でいきなり男女同権運動を始めたり、親の遺産は男女関係なく子供達全員で均等に分けるよう提言したりすれば、すぐに排斥されるだろう。いくら『救国の姫巫女《ひめみこ》』とか呼ばれていても。

だって、そんなことをすれば貴族制が崩壊しちゃうし、大店《おおだな》も経営者が亡くなって子供の数だけ分割されたら、ただの中小商店の群れに落ちぶれて、しかも互いに食い合って共倒れだ。

そういうのは、社会制度が円熟して、自然に受け入れられるようになるのを待たなきゃ駄目だ。ひとりの人間が声高に叫んでゴリ押ししても、混乱を巻き起こすだけで、何にもならない。

だから、私はそういうのに手出しする気は全くないよ。

　ま、それを促進するよう、それとなく誘導するくらいが精一杯だろう。

「……無理だよ。いくら何でも、私ひとりで社会制度と戦うとか、王様達と対立するとか……。それに、会ったこともない相手と結婚するとか、王族にとっては普通のことなんでしょ？　どうしてそんなに嫌がるの？　知ってる相手で、すごく嫌な奴なの？」

　そう、あの王様が、娘をそんな奴に嫁がせるとは思えない。

　それに、この国は別に財政難というわけでもないし、他国の侵略を受けそうだというわけでもない。それどころか、政情は安定しており、新大陸からの防衛のための大条約機構の纏《まと》め役《やく》にして、新式の大型船や武器を保有し、それらを自国で生産すべく研究を進めている、現在この大陸で最も『行け行けＧＯＧＯ！』、『ドンドンパフパフ！』状態の国なのである。可愛い娘を売らなければならないような状態ではない。

「……いえ、隣国の第２王子殿下で、見目《みめ》が良く、聡明《そうめい》で優しく温厚、という噂《うわさ》なのですが……」

「なのですが？」

　モテモテで女癖が悪い、とかかな……。

「私、『わあるどあどばんすどだいせんりゃく』で、にほんを勝たせられないような殿方は、ちょっと……」

「何じゃ、そりゃあああああぁぁっっ!!」

＊　　＊

「……別に、そのゲームをやらせてみたわけでもないのに……、って、本当のことを吐け！」

嘘《うそ》に決まってるだろう、そんな理由……。

私の剣幕に、観念したのか恐る恐る口をひらく第2王女。

「……だって、隣国にはげぇむきも、美味しいお菓子も、ケーキも、冷たいしゃわしゃわジュースも、こたつも、みかんもないのですもの……」

「この部屋のせいかああああぁっっ!!」

……あ。

確かに、このあたりの国では貴族や王族は子供の頃から婚約していたり、成人してすぐに結婚したりする。なので、15～16歳くらいの第2王女にそういう話が来るのは、不思議でも何でもない。

むしろ、今まで婚約者がいなかったということの方が不思議なくらいである。

しかし、ここで『もっと不思議なこと』が存在するのである。

……そう、第1王女の存在である。

「ねぇ、あなたの前に、第1王女を嫁入りさせなきゃならないんじゃないの？　もう24～25歳くらいなんでしょ？　……もしかして、旦那さんが亡くなってその弟が家督を継いだとかで、嫁ぎ先での居場所がなくなって出戻り……」

ぶふぉ！

「ぎゃあ！　何するのよ、サビーネちゃん!!」

サビーネちゃんに、飲んでいた炭酸飲料を思い切り吹きかけられた。

「う、上姉様は、まだ18歳よっ！」

「え？」

サビーネちゃんから告げられた、衝撃の事実！

「ええ？」

24〜25歳というのも、気を使って、少し若めに言ったつもりだったのに……。

アレクシス様に気があるような素振りをしているのには、勿論《もちろん》気付いていた。

「えええええええええ〜〜っっ!!」

……というか、アレに気付かないようなのは、漫画の鈍感主人公とアレクシス様本人くらいのものだろう。

いや、アレクシス様は、気付いていて、知らない振りをして避けているということも……。

でも、それは日本のおばちゃんが若いアイドルタレントにキャーキャー言っているのと同じで、あの王都絶対防衛戦の時の英雄的活躍と、新たな貴族家の始祖という栄誉を得たアレクシス様に、ミーハーおばさん的な興味でひとりで盛り上がっているだけだと思って、生温かく見守っていたというのに……。

ま、まさか、あれ、本気の『恋』だったのかあああああぁっっ!!

イカン！　こりゃイカンぞ!!

……え？

何がイカンのだろう？

え～と……。

「で、でも、それならば順番的には……」

「お姉様は、2年前に婚約者を亡くされたのです。その後、ずっとふさぎ込んでおられて……。なので、お姉様にはしばらくそういうお話は、ということになりまして。でも、最近はお元気になられて、ようやく笑顔が見られるようになりましたの」

あああ、やっぱりかぁ！

めでたい……。

めでたいよね、うん。

ボーゼス伯爵家としても、王族と親戚になれるというのは大きいだろう。王様にとっても、海軍創設の要《かなめ》である、間もなく侯爵に陞爵《しょうしゃく》するのが確実なボーゼス伯爵家を取り込めるのは嬉《うれ》しいだろう。ボーゼス伯爵家は私とも仲良しだしね。

うん、めでたい！　……よね……。

アレクシス様は、第2王女《ちぃねえさま》の方がいいみたいだったけど。

そう、あの爵位授与の時の様子ではね。

でも、もし王家からお話が来たら、子爵風情に断ることができるのかな？

それも、傷心の娘がようやくその気になったと知ったら、あの子煩悩《こぼんのう》な王様が必死でゴリ押しし

そうな気が……。
うん、アレクシス様、強くイキロ……。

第八十章　戦いの肖像

「戦争だ」

「え？」

ヴァネル王国王都の拠点、『物産店』に行ったら、お隣さん、つまり警備隊詰所のおじさんから
そう教えられた。

えらく急な話だなぁ。

……それに、何だか既視感のある台詞だ。前にもあったよね、こんな遣り取り……。

というか、そんな国際情勢だったの？　全然知らなかったよ……。

この国だけでなく、周辺国や国際情勢についてももっと本格的に調べておくべきだったか。

でも、これはこの国にとっては大事《おおごと》でも、私にとっては吉か凶か……。

「……まだ、知らなかったか。ま、他国の貴族、しかも年端《としは》もいかぬ子供には振りづらい話題だからなぁ。知っているだろうとは思ったが、念の為言ってみてよかったな……」

うわ、ありがたい！

日頃の差し入れの効果なのか、それともただ、ひとりぼっちの異国の少女に対する心遣いなの

か、はたまた上司からの指示なのかは分からないけれど、これはありがたい。金貨数十枚払ってもいいくらいの情報だ。

……払わないけどね！

いや、それくらいのお金を払うのは問題ないし、充分にそれだけの価値がある情報だ。

でも、さすがにそこまで行くと、賄賂とか便宜供与とかお金で他国の貴族に情報を売ったとか言われる可能性があるだろう。

たとえそれがごく僅かな確率であっても、おじさんの人生を棒に振らせるような危険は冒せない。

よし、ここは、差し入れの夜食で誠意を示そう！

「ありがとうございます！　下手したら他国で立ち往生、とか、商船が敵国に拿捕《だほ》されるとか、大《お》事《おごと》になるところでした！　このお礼は、後日、必ず！」

そう言って、ダッシュで物産店に駆け込んだ。

まずは、情報収集だ。情報がなければ、動きようがない。

戦争ならば、相手国がある。

……まさか、うちの国と戦争中だということがバレたとは思えないからね。

先日のパーティーに出た時には、既に軍人や上位貴族達はこのことを知っていたのだろうけど、さすがに、他国の貴族である私には、きな臭い他国との情勢について向こうから教えてくれるようなことはなかったか。

……当たり前だ。

私は、一応はこの国の上級貴族や軍人さん達と知り合いで、パーティーとかにも出ているけれど、向こうにとってはあくまでも私は商取引の相手であって、政治的な話や、ましてや他国とのいざこざの話をしたり相談したりするような相手じゃない。私に聞こえるところでは、そういう話をするはずがないよね。

それに、私は10代前半の子供だと思われているからねぇ。この国との本格的な貿易に先立って、事前調査を任されただけの、どこかの国の側妃の娘あたりだと。だから、政治的な話や戦争とかは担当外、と思われても仕方ない。

そもそも、うちの国がこの国と敵国、どちらに味方するかも分からないというのに、話の振りようもないよね。

とにかく、今は情報収集が第一だ。

私がずけずけと、何の遠慮もなく話が聞けて、しかも絶対に正確な最新情報を持っている者といえば……。

＊　　＊

「みっちゃ～ん、遊びに来たよ～！」

「……また、あなたはそう、いつもいきなり……」

指でコメカミをぐりぐりしながら、頭が痛そうに顔を顰《しか》めるみっちゃん。

いい頭痛薬、あるよ？

「侯爵、いる？」

「そして、ひとの父親、しかも侯爵家当主を、そんな友達みたいに……。

そもそも、どうして『ミッチェル侯爵様はご在宅でしょうか？』って聞かないのよ！　私はともかく……」

ありゃ、マズかったかな？

それじゃあ、仕切り直して……。

「ミシュリーヌ・ド・ミッチェル侯爵令嬢様、……侯爵、いる？」

「逆でしょうがあああぁっっ!!」

みっちゃん、激おこ。

勿論《もちろん》、わざとだ。

私にとって、ボーゼス伯爵様は『伯爵様』だけど、ミッチェル侯爵は、『侯爵』だ。別に『様』を付けるような相手じゃない。

以前であれば、他国の上級貴族でありみっちゃんのお父さんなのだから、そして色々とお世話になる相手なのだから、『侯爵様』と呼んでもよかった。

……でも、今は駄目だ。

少し態度を軟化してあげたけど、まだ本当に許したわけじゃないからね。

それに、別に名前を呼び捨てにしているわけじゃない。爵位で呼ぶのは、別に失礼なわけじゃないだろう。私も、男爵家や子爵家の人達から『ヤマノ子爵』とか、単に『子爵』って呼ばれているし。

「いや、ちょっと急いでるの。私の、本来の義務を遂行しなきゃならなくて……」

私が真面目な顔でそう言うと、みっちゃんはこれが私の貴族としての仕事絡みだと、そして私がいきなり真剣《マジ》モードに入ったことを察してくれたらしく、ほんの数秒間黙ったあと、頷《うなず》いてくれた。

「……分かった。応接の間で待ってて」

＊　　＊

「……よく来てくれた。で、用件は何かね？」

勝手知ったる、みっちゃんち。

でも、勝手にうろつくわけにはいかないので、みっちゃんの指示を受けて案内してくれたメイドさんと共に応接の間へ行き、出してもらった紅茶を飲んでいると、侯爵がやってきた。

少し待たされたのは、多分みっちゃんと何やら相談でもしていたのだろう。私の急な訪問の理由とか、どう対処するかとか、前回のことを謝罪するか適当に誤魔化すか、とか……。

そして、やってきたのは侯爵ひとり。みっちゃんはついてきていない。

おそらく、自分が同席するべきではないと判断したのだろう。みっちゃんは頭の良い子だから。

まぁ、侯爵が同席を禁じたのかもしれないけれど……。

でも、そんなのはどうだっていい。

私が知りたいのは、ただひとつ。

「戦争が始まるそうですね。それについて、全て、詳細に教えてください。相手国、トラブルの原因、彼我《ひが》の戦力差、勝てる見込み、狙っている落とし所、その他諸々、全部！」

「え……」

いや、そりゃ困るか。

政治的な秘匿事項や、軍事的な判断。それらを、どこの国の者かも分からない小娘にペラペラと喋《しゃべ》れるわけがない。

でも、険悪になった私との関係を修復したいと思っているだろうし、無下にも扱えまい。何とか、うまく言いくるめれば……。

ん～……。

「ある程度、公表されている部分だけでいいです。敵側に内通している貴族とか、ハニートラップに引っ掛かっている軍人とか、そういうのから既に敵に漏れていて、今更私に教えても別に何も変わらない、っていう程度のことで。

とにかく、この国の貴族や軍人、商人とかに話しても支障がない程度に……」

「………」

呆《あき》れたような顔で私を見ている、侯爵。

そりゃまぁ、あまりにも直截《ちょくせつ》な言い方だもんねぇ……。

でも、相手に対する配慮や遠慮を気にしなければ、こんなもんだよね。

「とにかく、戦争になるらしいと聞いただけで、他は何にも知らないんですよ、動きようがないでしょうが！　敵側に内通している者に接触されて、いいように騙《だま》されてうちの商品が全部そっちへ流れることになってもいいんですか？　化粧品やお酒、香辛料とか、政治的な工作に利用されるかもしれないのに？」

うん、私がやってるみたいにね！

「うっ！」

よし、効いてる効いてる！

もう一発、ボディブローだ！

「うちの小型高速船が拿捕されて、船も物資も全て奪われるかも……」

「ううっ……」

そして……。

アッパーカット！

「犯人はこの国だと騙されて、うちが敵国の味方になったりして……」

「ぐはぁ！」

……よし、沈んだ！

「分かった、分かった……」

顔を顰めながら、そう言う侯爵。

まぁ、敵国側が間諜《かんちょう》や内通者、市井《しせい》に紛れ込ませた草（敵地に一般住民として定住させた、情報提供者）とかから簡単に入手できる程度の情報で、政治的な判断とか軍の具体的な行動とかには関係のない一般的な話であれば、別に私に教えても問題ないだろう。

そのあたりは、仮にも侯爵なんだから、うまくさじ加減をしてくれるだろう。

では、話を聞かせてもらいますかね……。

＊　＊

侯爵の話によると、この国の東方、他の国を3つ挟んだところにある国、ノーラル王国が、この国、ヴァネル王国にちょっかいを出してきたらしいのだ。

元々この国ヴァネル王国と敵対していた、モロに利害関係が対立するノーラル王国とやらは、海軍力ではヴァネル王国と一、二を争う国らしく、ヴァネル王国とは、周辺諸国に対する影響力や植民地に対する支配権等で、昔から色々と揉《も》めていたらしい。

そして現在、ある植民地の利権争いで、特に険悪な状況になっていたそうなのであるが、遂に向こうが一線を越えたらしい。

ノーラル王国は、ヴァネル王国の植民地の支配権を奪うため、まず植民地からの物資をヴァネル王国へと運ぶ商船をノーラル王国の私掠船《しりゃくせん》に立て続けに襲撃させた。そしてそれを阻止しようとしたヴァネル王国の軍艦に対して『我が国の民間船を攻撃した』と言い掛かりをつけてきた、というわけである。

「勿論、他国は失笑しているが、かと言って、別に我が国のために手出しや口出しをしてくれるわけではない。

ノーラル王国にとっては、ただ口実ができれば良いだけなので、正当性などあろうがなかろうが、そんなことはどうでもよいのだ。……私掠船に襲わせて手に入れた物資だけでも、かなりの利益になったであろうしな」

ま、そんなトコか……。

そしてそれには、ここ最近のヴァネル王国での『御使《みつか》い様』騒ぎ、『船魂《ふなだま》』騒ぎとかも影響しているらしい。

そのふたつの騒ぎが、海軍人気の盛り上げ、そして軍事予算増額と、そのあたりを狙って国か軍部が意図的に起こした騒ぎではないかと勘繰った可能性もあるらしい。

……そう、海軍力の増強を図り、ノーラル王国との開戦準備を始めたのではないかと疑った、というわけだ。

確かに、女神の御使いだとか船魂だとか、他国から見れば人気取りのプラス要因に見えるかも。

実際には、海軍力を低下させるための私の陰謀なんだけどね。

そういうわけで、ノーラル王国としては、ヴァネル王国の海軍増強策の出鼻を挫《くじ》くというか、ヴァネル王国の鼻先に一発パンチを喰《く》らわしたい、というところらしいのだ。

なので、互いに国が滅びるまで、とかいうつもりはないものの、敵艦隊のひとつでも潰して捕虜の身代金と賠償金、そして植民地のひとつでも奪えれば万々歳、とかいうつもりらしい。

……ま、そういうもんか、このレベルの文明社会においては……。

で、私にとって重要なのは、別にヴァネル王国の利益とかじゃない。

そう、私にとって、そしてうちの国にとって、どうなれば一番都合がいいか、ってことだ。

「開戦は、もう決定事項なんですか？」

「うむ。これでノーラル王国に譲歩したりすれば、ますます向こうからの挑発がエスカレートするだけであるし、そもそも譲歩など、そう言い出しただけで国民や貴族連中、そして軍部が黙ってはおらぬだろう。

譲歩などという言葉を口にした者は、それだけで敵との内通を疑われてあらゆるところから非難が集中し袋叩《ふくろだた》き、面子も信用も立場も失うだろうから、そういう意見を口にできるものか。たとえそう思ってはいたとしてもな。

……尤《もっと》も、実際には、ノーラル王国にこんな舐《な》めた真似《まね》をされて引き下がるつもりの貴族や軍人などひとりもおらんよ。ひと合戦《かっせん》せずに収まるような話ではない」

あ〜、やっぱりねぇ……。

「ま、下手に全面戦争にならぬよう気を付ける必要はあるが、向こうもそんな気はないだろうから、ひとつの植民地を懸けての艦隊戦、というところだな」

うん、こんなことで国家間の全面戦争なんかしたら、どちらが勝ったとしても、ボロボロになったところに漁夫の利を狙った国に攻められてお終《しま》いだ。

両国は別に隣接しているわけじゃないし、無関係の国をいくつも通過して陸軍が遠方の相手国に直接攻め込むのは難しいだろうし。

結局、互いに海軍力を大きく損耗して、三番手以下の海軍国が幅を利《き》かせるようになるだけだろう。

そして、侯爵が割と暢気《のんき》に構えているのは、自分が陸軍派閥であり、今回はあまり出番がないとでも考えているのか……。

いや、でも、自国の浮沈がかかってるんじゃないの？　いくら何でも、もう少し焦った方がいいんじゃあ……。

「儂《わし》から教えられるのは、これくらいだな。これ以上知りたいならば、他国の貴族にどこまで喋っていいかを自分で決めることのできるお方に直接聞くしかあるまい。儂も、機密漏洩罪《きみつろうえいざい》とか他国との密通罪とかで斬首刑の上、お家お取り潰し、とかいうのは真《ま》っ平《ぴら》だからな……」

うん、ま、そりゃそーか。

いくら私の歓心を買うためとはいえ、そんなことになっちゃあ元も子もない。

そもそも、一族郎党皆同罪、とかでみっちゃんまで巻き添えになって、家族を失って平民に落とされて路頭に迷う、なんてのは許されない！

……いや、もしそうなったら、勿論私が引き取って面倒みるけどね。

で……。

「その、『他国の貴族にどこまで喋ってもいいかを自分で決めることのできるお方』っていうのは？」

「陛下に決まっておろうが！」

「あ〜……」

やっぱり……。

あんなのには、会いたくないなぁ。

戦争絡みで、また私の国を特定してどうこう、とか企みそうだし。

戦争はお金がかかるし、弱小国であっても自国に賛同する国があれば色々と政治的に利用できるだろうしねぇ。

平時であればともかく、戦時で武器も弾薬も船も兵士も、そしてお金も大量に消耗しようかという時には、形振《なりふ》り構わず強硬な態度に出ることも考えられる。前回のような、余裕のある対応じゃないかもしれないから、今会うのは絶対にやめた方がいいよなぁ……。

「じゃ、いいや。どうせこれ以上は大したことは喋らないだろうし、別にこれから先がどうなるかは分からないんだから、片方の一方的な目論見《もくろみ》や希望的観測を聞いても、あんまり意味がないからねぇ。確定した事実である現状が分かったから、あとは自分で推測して考えればいいや。じゃ、どうも！」

用事は終わった。なので、さっさと帰ろうとしたら……。

「待て！　待て待て待て待て待て‼」

「何？」

何か、侯爵が引き留めてきた。面倒くさいなぁ……。

「いや、そちらの要望に応えたのだから、こちらの要望にも応えるのが筋というものではないか？」

ああ、言われてみれば、一理ある。

仕方ないか……。

「で、何を要望したいの？」

面倒くさいし、私を怒らせたのは侯爵の方だから、上から目線でいいや。

「……先日の無礼を許してもらいたい……」

ありゃ、ちゃんと反省したのかな。

私も、鬼じゃない。きちんと反省して謝罪するなら、悪いようにはしないよ。

そもそも、あの件の大元の原因は国王からの指示だろうからね、おそらく……。

……でも、せっかく優位に立てているこの立場をなくすのも勿体《もったい》ないような気がするし……。

そうだ！

「仕方ないですねぇ……。じゃあ、50パーだけ許します。残りは、また何かの機会に」

「……そうか。しかし、それでもありがたい、と考えねばならんか……。では、残りは、次の機会に……」

どうせまた、この件絡みで情報を手に入れに来るに決まっている。そうすれば、その時に残り半分を許してもらえば、また以前のような関係に戻れるやもしれぬ。おそらくそう考えて、ほっと息を吐いている侯爵だけど……。

「はい、残り950パーですからね」

「何じゃ、そりゃあああああっっ！　お前は、幼年学校で百分率というものについての勉強をし直してこいっっっ!!」

うん、割合を千分の一で表す単位もあるんだよね。百分率、%《パーセント》じゃなくて、千分率、‰《パーミル》って言うんだけど……。

そして、騒ぐ侯爵を残して、さっさと引き揚げる私であった……。

あ、みっちゃんには、ちゃんと挨拶してから帰ったよ。お友達だもんね！

＊　　＊

「……実戦訓練、だと？」

「はい」

「実戦なのか訓練なのか、どちらなのだ……」

理解できない、というような顔で、頭を抱える王様。

「実践訓練、ではなく？」

「ではなく」

「実戦のための訓練、とかでもなく？」

「でもなく」

「うむむむ……」

ここは、日本に次ぐ我が第二の母国、ゼグレイウス王国の王宮。

謁見の間とかじゃなく、内輪《うちわ》用の小さな会議室で、私、王様、宰相様、アイブリンガー侯爵、そしてオマケとして王太子殿下……サビーネちゃんやルーヘン君のお兄さんね……と、ここまでは分かる。理解できる。

……でも、サビーネちゃんと第一王女殿下……サビーネちゃん言うところの、『上姉様』……、あんたらはどうしてここにいるんだよ！

まぁ、その、『いつものメンバー、プラスα』という面々での、極々内輪の会議……というより、『根回し』というようなものだ。

あ、ボーゼス伯爵様は、今は領地にいるため不参加。港町が大変で、なかなか王都に来られなくなっちゃってるんだよねぇ……。

ま、仕方ないよね。

「出番なしで終わる確率の方が遥《はる》かに高いですけど、万一に備えて準備だけはしておきたいと思うんです。……具体的には、国からの事前許可と、乗員達への事前通告を。

うまくすると、貴重な実戦を経験できます。何せ、弾薬の節約のために、実際の砲撃訓練は陸上で一門の大砲を5～6発撃っただけですからねぇ……」

うん、ただの鉄の塊である砲弾は何とか作れるようになったけど、火薬の方がまだなんだよねぇ。

一応、火薬も作れてはいる。私が地球で作り方を調べられるのだから、国がバックアップしてくれていて作れない方が不思議だろう。

でも、性能の均一化とか、安全性とか、硝酸カリウムの大量かつ安定的な入手方法とか、色々と問題があるのだ……。

本当は、砲弾も榴弾《りゅうだん》……弾体の中に炸薬《さくやく》が入っており、爆発するやつ。炸裂弾《さくれつだん》とも言う……にしたいんだけど、大砲どころか発射薬（装薬）の安定供給すらできていない現状では、まだ先の話だ。炸薬、起爆システム、その他、課題がてんこ盛りだもんねぇ……。やっぱり、起爆は、導火線による時限式かなぁ……。

鹵獲《ろかく》したのと同じタイプのやつなら大砲も作れそうだけど、それはあくまでも技術検証用に過ぎず、ただの通過点だ。うちが本格的に作るのは、椎の実弾使用の後装式旋条砲《ライフルほう》なのである。

技術も国力も劣り、小型艦を少し作れる程度の我が国が大国に対抗するためには、砲の性能で圧倒的な差をつけるしかない。

……それが実現するのは、まだ、ずっと先の話だけどね。

つまり、現状では、鹵獲時に搭載されていた弾薬を使い果たした時点で、大砲も船も役立たずの置物と化す、ってことだ。

その貴重な弾薬を、自国の危機というわけでもないのに、無為に消費してもいいのか？

そう考えるのは当然であり、間違ってはいない。でも……。

「現在使えるのが、鹵獲船たった3隻で、『イーラス』の修理と今建造中の船が完成したとしても、5隻。それも、敵国では旧型艦で、おまけに新造船に積む大砲は量産どころか、まだ研究中。そんな状況で弾薬を節約して温存していたって、大した意味はありませんよ。砲撃訓練どころか、試射レベルの経験さえろくに積ませていないのに……」

「うっ……」

そう。素人同然の状態で、1海戦分の弾薬を温存するか。

それとも、少しばかり派手にやってみるか。

いや、別に全部使うわけじゃない。数斉射分だけだ。

それも、必ず出番があると決まったわけじゃない。そういうシチュエーションになった場合のために、そしてその時に悠長《ゆうちょう》に会議を開いたり許可を得たりする余裕がないかもしれないから、事前に全権を任せてもらえるよう根回しをしているわけだ。

そして、暫《しば》しの静寂が続き……。

「……良いのではないですかな？」

「え……」

唐突に紡がれたアイブリンガー侯爵の言葉に、驚きの声を漏らす王様。

「どうせ、奴らにとっては旧式艦である船が3隻と、一度戦えば尽きる弾薬。しかも我々が作ろうとしているのは新型砲であり、それが完成すれば船から降ろす予定の砲だ。未来の為の布石となるなら、使っても構わぬのではないかな？

それに、元々ヤマノ子爵が手に入れてくれたものだ。一番状況を理解しているであろうヤマノ子爵が妥当な使《つか》い途《みち》だと判断するのであれば、全てを委ねるのに異存はない」

王様に対しての言葉なのに、タメ口のアイブリンガー侯爵。

王様とは昔からツーカーの仲だとかで、公式な場ではともかく、こういう非公式で少人数の場では結構フランクな付き合いらしい。

まぁ、王都防衛戦の総司令官を任されたくらいなんだから、信頼が厚くて当たり前か……。

「「「…………」」」

そして結局、私のお願いは聞き届けられ、他の大臣達や軍部、そして船の乗員達には事前説明がなされることとなった。

他の列席者達の意見？

王太子殿下は、まぁ、勉強のために列席していただけで、発言権はなかったらしい。

実質的な会談のメンバーは、私、王様、宰相様、アイブリンガー侯爵の4人だけだ。本当に、身内だけの、ごく小規模な非公式の寄り合いに過ぎない。

だから、アイブリンガー侯爵も王様相手にあんな口調で喋っていたのだ。旧友との世間話、って感じで。

サビーネちゃんと第一王女？　ははは……。

いや、ホント、どうして居たんだよ、あのふたり……。

勿論私は、新大陸の国同士の戦いにこの国を巻き込みたいわけじゃない。

他国同士の戦いでうちの国民を死なせるなんて、愚の骨頂だ。

でも、『どちらかの国が大勝して、あのあたりの国際情勢が一強多弱状態になる』というのは、望ましくない。余裕のある強国が誕生すると、周りの国を押さえ込んだあとは、遠方に眼を向けるであろうからだ。

……そう、そして未開の新天地を発見し、侵略し、財宝と奴隷を奪ったあとは永久に搾取し続けるために、探検船団を派遣するのだ。

それを阻止するためには……。

＊　　＊

というわけで、やってきました、軍港の街。

軍人くんが乗っている『リヴァイアサン』は、と……。

……いない。

そりゃまぁ、船なんだから、出航くらいするわなぁ。

特に、帆船とかは乗員の半数以上が水夫なんだから、日々の訓練が大事だからねぇ。

今まで私が来た時にはいつも入港していたのが、運が良かっただけか。

あ、ここで言う『水夫』っていうのは、『船乗り』って意味じゃなくて、操船に携わる下級船員、って意味の方ね。砲術員とか切り込み要員とかは数に入れない方。

……それにしても、桟橋《とし》がガラガラだ。殆《ほとん》どの船が……、って、出撃か！

まだ政治的な遣《や》り取りの段階かと思っていたけれど、帆船は移動速度が遅いし、もう戦争が決定しているならば、植民地と航路を守るために艦隊がすぐに出撃するのは当たり前か。

そして、『リヴァイアサン』は戦隊旗艦だ。艦隊旗艦じゃないけど、最新鋭の64門艦が出撃しないはずがない。

……というか、残っているのは雑船や支援船の類《たぐ》いだけだ。それと、除籍されて係留されっぱなしの廃艦くらいか。

……どうする？

まず、移動している艦隊の位置が分からない。

敵艦隊の位置も分からない。

どこで戦うのか分からない。

いつ戦うのか分からない。

どうしようもないやんか〜〜!!

軍人くんも、知り合いになった司令官も、みんないなくなった。

当たり前か。入港中は司令部を陸上の建物に移していたけれど、艦隊の全力出撃となれば、当然司令部は艦隊旗艦に乗って出撃するに決まってる。

あのバーで知り合った他の軍人さん達も大半は出撃しただろうし、陸上勤務でこの基地に残っている人がいたとしても、バーで少し知り合っただけの小娘に艦隊の行動予定や航行ルートを教えてくれるはずがない。

そもそも、あのバーでまた偶然出会う以外に、会う方法もないしね。何せ、向こうの名前も役職も知らないいんだから。

そして、偉いヒトの大半が出撃している中、飲みに出る者はあまりいないだろう。

うむむむ……。

よし、やはりアレしかないか……。

＊　　＊

「……というわけで、よろしくお願いします」

「喜んでっっ！」

そう、いつもお馴染《なじ》み、某国の外交官さんだ。

そして、今回は……。

海軍航空基地、キミにきめた！

うん、今回は、対潜哨戒機《たいせんしょうかいき》の出番だ。

陸岸から離れた海域で、艦隊を捜す。攻撃はしない。

求めるのは、航続時間（航続距離ではない）、捜索能力、多目標のプロット、そういう方面だ。

となると、対潜哨戒機一択だよねぇ。

こっちから手出しする予定はないので、対艦攻撃能力は必要ない。それに、空対艦ミサイルは高いし、帆船にはオーバースペック過ぎるというか、何というか……。

とにかく、自衛のために絶対必要で、かつ他の方法がない時以外は、こちらからの攻撃はナシだ。

それに、その場合には、76ミリか127ミリ速射砲と、20ミリか30ミリの機関砲を積んだ哨戒艦でも出してもらった方が、使い勝手が良くて安上がりだろう。

ただの鉄の塊を僅か2〜3マイルしか飛ばせない木造帆船相手に、対艦ミサイルや大口径の主砲は必要ないよね。

乗員《クリユー》は、前回とは違うメンバーらしい。

同じメンバーの方がいいんじゃ、と思ったけれど、毎回同じメンバーだと揉めるらしいのだ。

……まぁ、分かる。みんな、異世界には行ってみたいよねぇ。

もし将来的に情報解禁とかになれば、子供や孫に自慢できるし。

うん、絶対に奪い合いになるよね、異世界行きの乗員の座が……。

そして勿論、学者さん達も同じ。

前回と同じ人もいるけれど、それはかなり優秀な人か、権力のある重鎮なんだろう。大半は、他の人に替わってる。

前みたいに、おかしなことを考えたり仕掛けたりする人が交じっていないことを祈ろう。

さすがに、2回目となると容赦しないよ。その時は、この国との関係を一切絶つことにするよ、勿論。

……じゃあ、行ってみよ～！

＊　　＊

出港してからあまり日が経っていなかったらしく、簡単にヴァネル艦隊を発見した。

ノーラル艦隊も割と簡単に発見して、それぞれの位置と進路速力をプロットし、今回は撤収。

これが地球ならば、大まかな会敵日時の目算が立たなくもないけれど、ここでは無意味だ。

何せ、風向きや海潮流によって進出速度が大幅に変わるし、互いに真っ直ぐ相手に向かっているわけじゃないし、そもそも相手の存在位置や行動すら知らないし……。

とにかく、まだまだ接触はずっと先、ってことだ。

だから、また数日後に来ることにしてさっさと引き揚げようとしたのだけど、燃料が保つ限り滞在したいと懇願されたため、新大陸の上を自由に飛び回ってもらって時間を潰した。

みんな、撮影やら測定やらで忙しそうだったよ。

まぁ、転移できる場所が増えるから、私にもメリットがあるんだけどね。

あちこち飛び回ってもらいたくても、私からは言い出しにくかったのだ。

ただ私の要望だけのために長時間飛んでもらうのは、何か悪いからね。

1回のフライトにつき、何十トンもの燃料や消耗品、人件費、定期整備とか、色々なランニングコストがかかるだろうから。

……数百万円くらい飛んじゃうんじゃないかなぁ……。

なので、向こうから要望してくれるなら、私としても大助かりだ。


そして、無事、航空基地へ帰還。

簡単な事後ブリーフィングをしたところ……。

え？　次は飛行艇か大型ヘリで行くことはできないか、って？

ああ、着水や着陸をしたいのか……。海水のサンプルを採るだけでも、大収穫だろうからなぁ。

……でも、細菌や微生物は転移時にカットするよ、勿論。

海水の組成や、含有成分とかは分析できるだろうから、それで我慢してね。

「お疲れさまでした～！」

解散！

＊　　＊

「というわけで、ヴァネル王国とノーラル王国の海戦が起きそうなんだ。そこで、元ヴァネル王国探検船団の乗員の皆さんに聞きたいの。

……もしヴァネル艦隊が危機に陥ったら。

二度とは戻れない祖国だけど、女神様のお力で、最後に一発、盛大に花火を打ち上げるつもりはない？　うまくすれば、国の御家族達に何かいいことがあるかもしれないし……。

勿論、皆さんには、うちから従軍手当が出るよ」

「う……」

「う？」

「「「「「うおおおおおおお〜〜っっ!!」」」」」

これで、新米水兵の後ろから怒鳴りつけて指導してくれる、鬼軍曹が大量に手に入った。

さすがに、碌《ろく》に実弾訓練もしていない新兵だけで戦場に突っ込むほどの勇者じゃないよ。

特に、斉射の号令なんか、波による船体の揺れのタイミングを見計らっての絶妙な判断が命中率に大きく影響するらしい。

そんなの、何回も実戦をやって死線を潜《くぐ》らないと、身に付くはずがないよ。

……まぁ、今回はそういう点ではハードルが低いんだけどね。私がいるから……。

でも、私がいなくても大丈夫なようにしなきゃならない。この次は、いきなり私抜きでの実戦になるかもしれないんだから。

今回は、無敵モードでのチュートリアルだ。

でも、ここはゲームの世界じゃない。

チュートリアルの後、『始まりの村』を出て最初に出会うのが、スライムだとは限らない……。

＊　＊

そして、新大陸、ヴァネル王国の市井の様子を確認しようとレフィリア貿易に顔を出してみると……。

「申し訳ありませんっっ!!」

いきなり、平身低頭のレフィリア。

「どうしたのよ、いったい……」

「お酒を始めとした嗜好品《しこうひん》、贅沢品《ぜいたくひん》の類い、全て無制限で売り尽くしてしまいました！　そのため、販売計画がぐちゃぐちゃに……」

「え……」

詳しく説明させて、納得。

出撃する艦隊の乗員の関係者達……家族や友人達……が、出撃前の最後のひとときを過ごすために。そして艦に私物として積むためにと、店先で地面に膝をついて懇願されては、そりゃ堪《たま》らない

かねない。
だろう。レフィリアもこの国の国民だし、そんなのを冷たく断ったりすれば、非国民の誹《そし》りを受け

貴族家においても、さすがに貴族本人ではないものの、執事が平民の商店主如きに頭を下げるな
ど、考えられないことらしい。

……そりゃ、耐えられるわけがない。
「仕方ないよ、そりゃ……。お咎《とが》めなし！」

販売規制を破って、販売禁止の貴族家にも売ったらしいけど、私だって鬼じゃない。それくらい
は大目に見るよ。

この国の人達は、勿論自国艦隊の勝利を信じているだろう。でも、完勝したからといって、被害
がゼロだというわけじゃない。

敵機グラマン500機、我が軍零戦200機。敵機全機撃墜、我が方被害なし！
そんなの、スーパー架空戦記だって、ありゃしない。

リアル架空戦記だと、どんな新装備や秘密兵器を搭載していても、70～80機くらいは撃墜される
だろう。……それでも、大勝利には違いないだろうけどね。

つまり、いくら大勝利ではあっても、被害は出るし、帰らぬ者は多い。今生《こんじょう》の別れとなる確率
は、決して低くはないのだ。

そして勿論、大敗北を喫《きっ》する可能性も否定できない。
「すぐに補充するから、早急《さっきゅう》に販売計画を立て直して、予約客に廻《まわ》して！」

艦隊は既に出港しているのだから、もうその手の客は来ない。

……何とか、なるなる！

＊　　＊

「……では、お兄さまが？」

「はい。40門艦『エムサート』の士官として……」

『ソサエティー』のメンバーの家族や親族、知り合いにも、出撃した艦隊の乗員が何人かいた。

まぁ、貴族の四男、五男とかが就ける『名誉ある仕事』って、割と限られているよねぇ……。

「では、皆で、女神様にお祈り致しましょう……」

みっちゃん主導で、祈りを捧《ささ》げるみんな。

うん、ここは神の存在を信じるどころか、つい最近、御使い様が現れたり奇跡が起きたりして、その存在は『厳然たる事実』と思われているからねぇ……。

しかも、このメンバーはその奇跡のひとつが『自分達のおかげで起きた』と信じ込んでいるから、そりゃお祈りにも力が入ろうってもんだ。

非公式にだけど、この子達は『聖女』と呼ばれているそうだしね。

神殿の連中もそれを否定することなく、自分達の宣伝に利用しているみたいだし……。

神殿に取り込もうとする動きには注意するように、とみっちゃんから警告してもらったけれど、何も知らない平民の娘じゃないんだから、そのあたりは親がしっかりと管理してくれているらしいから、安心だ。

砲撃戦で船が沈むことはそう多くはないらしいけれど、沈む時は沈むし、沈まなくても砲弾や銃弾、火災、斬り込み隊による白兵戦とかで、死ぬ者は死ぬ。

船が戦闘能力や航行能力を失って降伏し、捕虜になることもあるだろうし、捕虜になった者達が全員、五体満足で生きて帰れるとは限らない。

……私が介入？

うん、場合によってはそのつもりではあるけれど、別にひとりも死なせないように、なんて無謀なことを考えているわけじゃない。

双方、程々に戦力をすり潰してくれればいいな、とか、ワンサイドゲームになってどちらか片方による一強多弱体制になるのではなく、睨《にら》み合《あ》いの状態を維持できるのがいいな、とか考えているだけだ。

近代の海戦なら、艦種や武装、練度や性能、隻数その他で大まかな予想が立てられなくもないけれど、帆船は分かんないよねぇ……。

指揮官の能力、天候その他、運や流動的要素が多過ぎる。初弾が偶然にも旗艦の船尾楼を直撃、司令部が一瞬で壊滅、とかいう確率も、ゼロじゃない。

戦いは、水物。何が起こるか、分かりゃしない。

そして勿論、この子達の家族や親族だけは死なないように選択的に護る、なんてことができようはずもない。私はあくまでも『なんちゃって御使い様』であって、本物じゃないんだから……。

なので私にできることは、ただ、みんなと一緒に祈ることだけだ。

みんなの大切な人達が、無事帰ってきますように、と……。

＊　＊

ヴァネル艦隊はただ直進しているだけ、ノーラル艦隊は問題の植民地近くの海域に進出して遊弋《ゆうよく》していただけなので、偵察飛行はほんの数回行《おこな》っただけだ。

そしてその内の1回は、協力してもらっている国の強い要望に逆らいきれず、大型ヘリによる偵察となった。

いや、海軍のヘリも、レーダーくらい積んでるよ。

艦隊の推定存在圏はそんなに広くないし、現場海域までは転移で行くわけだから、初回の広域捜索（主に、ノーラル艦隊捜索のため）以外では小型機やヘリでも問題はなかったんだよね。

まぁ、念の為、レーダーを搭載している機体が望ましかったけど……。

そして勿論、偵察《しごと》を終えた後に陸地へと向かい、無人の地域で良い場所を選んで着陸。

狂喜する学者先生達がたくさんの採取用容器が入ったバッグを持って飛び出し、護衛の兵隊さん達は学者先生達の護衛兼動物を捕らえるために、慌ててその後を追った。

勿論、無制限にサンプル採取を許可したわけじゃない。

動植物や鉱物は、貴重な取引材料だ。なので、いくら航空機を出してもらっているとはいえ、取り放題はサービス過剰だ。

だから、動物は死んだやつを一種類だけ。植物も、同じく一種類だけを数株持ち帰ることを許可した。鉱石は石を1個だけ。

こっそり隠して、なんてのは無理。何せ、私が転移の時にそういうのは除外するから。

そのあたりは事前にちゃんと説明していたから、おかしなことをする人はいなかった。

容器をたくさん持っていったのは、手分けして様々なサンプルを採取して、後でみんなで検討してそのうちのひとつを選ぶためだったらしい。

それで、その『選択のための検討会』が大荒れして、大変なことになっちゃったんだよねぇ。

まぁ、そりゃ、みんな自分が選んだやつにしたいだろう。もしそれが大当たりだった場合、刻が経って情報秘匿制限が解除されたら、『異世界から○○鉱石を持ち帰り、大発見をもたらした者』とかいって歴史に名を残せる可能性があるわけだからね。自分が一生を捧げた研究分野において。

……そりゃ、譲れんわなぁ……。

勿論、鉱石《いしころ》だけでなく、植物と動物も同じ。

そして、誰も譲らず埒《らち》があかないので、仕方なく私が『あと10分以内に決まらなければ、その品目は持ち帰りなしにします』と言ったあとが、酷かった。

痩せて非力に見えたり、温厚で優しそうに見えたりする知的な学者さんも、リミッターが外れて死ぬ気になれば、学者仲間どころか、止めようとした屈強な軍人さんを殴り飛ばせるんだなぁ。

相手が怪我をしようが全く気にしていない、フルスイングで。

……怖いわ！

まぁ、お偉い学者先生に怪我をさせるわけにはいかないから、軍人さんが手加減していたのと、完全に油断していたからなんだろうけど……。

とにかく、学者に専門分野のことで『命を懸けてもいい』と思わせちゃ駄目だ、ということだけは、よぉく分かったよ。

……で、植物チームの人達が、『何卒《なにとぞ》、何卒2種類を‼』って縋《すが》り付《つ》いてきたけど、冷たく却下。大事な切り札なんだから、無駄遣いはできないよ。

そしてその時、ふと思い立って、学者先生達の中で一番偉いであろう人の耳元で、小声で囁《ささや》いたのだ。

（ヘリを降りるまでに、個人的な連絡先を書いたメモをこっそりと戴けませんか？　個人的に御相談したいことができた場合に備えて……）

眼の細いおじいさんが、くわっ、と両眼を見開いたその顔は、怖かった……。

勿論、帰りのヘリの中で、小さく折り畳んだメモ用紙がそっと私に手渡された。

＊　　＊

というわけで、船乗りの感覚ではそんなに遠くではないものの、それなりの長期航海が必要な植民地への旅もそろそろ終盤となった。

帆船の速度は遅い。

いや、強めの追い風（正確には、少し横風）ならばかなり速いけれど、そりゃ向かい風の時もあれば、無風の時だってある。暴風ならば航行どころじゃないし。

向かい風でも、間切《まぎ》ってジグザグに進むことにより風上に遡行《そこう》できるけれど、対地速度というか、進出速度としては、そんなに速くは進めない。……だから、長期間の速力を平均すると、4～5ノットくらいかなぁ。日本で言うところの、時速8キロ程度。

……おっそ！

現代地球の軍艦なら、余程の悪天候以外は常時巡航速度20ノット以上は出せるだろうから、時速にして36キロ以上。実に、4～5倍の違いだ。

いや、帆船も、条件がいい時には最高巡航速度14～15ノット、最高速度20ノットを叩き出すことができたらしいけれど、そりゃ、最高の船、最高の乗員、そして最高の風と天候と海面状況（うねり、風浪等）が揃《そろ》った場合だ。そんなの、全航海日程のうち、ほんの少しだけだろう。

なので、本人達にとってはそこそこ長い航海であり、それも命を懸けた戦いに向かうという状況《シチュエーション》は、それを更に何倍にも長く感じさせたことであろう。

……でも、私にとっては、転移で一瞬。

いや、ごめん！

そして、眼下に見えるは、両国の艦隊。

ヴァネル艦隊はしばらく前にこの海域に到着していたけれど、ようやく両艦隊が相手を発見したというわけだ。

今日の私の乗機は、対潜哨戒機。

この時代の海戦は長丁場だからね。日を跨《また》ぐとか、数日間続くとかいうのも珍しくはない。ぐるぐると回って有利な位置を確保しようとしたり、逃げる相手を追いかけたりして……。

今回は、魚雷、ミサイル、対潜爆弾等の武装は、なし。そして胴体側ハードポイントには、カメラポッドが装着されている。勿論暗視機能もあるので、夜間も安心だ。

そして長期戦に備えて、基地には交替の機体と乗員《クリュー》が待機している。

私が転移で基地の燃料タンクから機体に転送給油を、と考えなかったわけじゃないけれど、その案について相談したところ、関係者全員から蒼白《そうはく》な顔で猛反対された。

……まぁ、ほんの少し位置がズレたら、機体が空中に出現した燃料の塊に突っ込むわけだからねえ、火焔《かえん》を噴いているエンジンごと……。

ほんの数メートルずれただけでも、コクピットとか機内に燃料がどぷん、と出現して……。

そりゃ、反対するわ……。

とにかくそういうわけで、両艦隊、パワフル戦闘開始!!

＊　　＊

『互いに占位運動に入ったようです』

機内交話装置《ICS》のヘッドセットから聞こえる、正操縦士《パイロット》の声。

今回の搭乗員《クリュー》は、正操縦士《パイロット》より戦術航空士《TACCO》の方が先任らしく、そっちが機長を務めているらしい。

この任務は戦局的な判断が重要だということで、そういうクリュー編成のチームを割り当てたのかな。

いや、この哨戒機が戦いに直接手出しすることはないし、私の指示通りに飛んでもらうだけだから、どっちでもあんまり関係ないと思うんだけどね。

「了解。現高度を保ったまま、監視継続！」

そう、エンジン音が届かず、万一視認されても鳥か何かにしか見えない高度で、のんびり滞空してもらうのが、この機体の今日のお仕事だ。

まぁ、戦闘中にのんびり空を眺めたり、砲撃戦の中で微かなエンジン音を聞き分けたりする者がいるとは思えないから、もっと高度を下げても問題ないとは思うけれど、そんなことをする必要性もないから、広範囲を見通せる高度の方がいい。

この艦隊戦の政治的なことも、戦略的なことも、そして戦術的なことも、何も分からない。

分かっているのは、ただ、両艦隊が初めから戦うつもりであることだけだ。

この哨戒機を出してもらっている国には、『うちの同盟国が、戦争を吹っ掛けられた。なので、もし負けそうになった場合には、うちの国が、僅かな戦力で「女神の御加護を受けた国の戦い方」

というものを見せてあげるの』と言って説明してある。

……どうせ見えちゃうし、『女神様に与えられた能力だ』ってことになってる謎の力で異世界転移しまくってるのに、何を今更、だ。

だからこの機の連中は、その『女神の御加護による戦い』というのが見たくて仕方ないらしいんだよねぇ、搭乗員も、学者先生達も。

現代の地球でも、真面目に神の存在を信じている人達は多い。

……少なくとも、神の名の許に、他の人間を平気で殺しまくれるくらいには。

……でも、残念ながら、もしうちの艦隊の出番があったとしても、この機の乗員達《クリュー》が期待しているようなものは見られないだろう。

うちの機械仕掛けの神様《デウス・エクス・マキナ》は、ちょっぴり無粋《ぶすい》だ。

＊　＊

それからかなりの時間が経ってから、どうやら戦闘が始まったらしい。

いや、互いに砲撃を行うための位置につくのに時間がかかったし、全ての艦が砲撃可能な位置にいるわけじゃないし、艦の列というか戦列というか、それも結構バラバラだし……。

何か、それぞれ数隻ずつの単縦陣に分かれて、ごっちゃになって走り回ってるって感じ。

技量の問題なのか、それとも、そういうものなのか……。

まぁ、帆船じゃあ、動力船のようには行かないか。

長い戦列を形成するのは難しい？

それとも、単縦陣による戦列艦の一斉砲撃という戦術を採用していない？

確かに、最大戦力が64門艦というのは、戦列艦としては少々力不足かも？　まだ『戦列艦による戦法』という時代じゃないのかな？

まぁ、別に地球と同じようにフネと戦術が進歩しているとは限らないか。海軍のおじさん達と話をした限りじゃ、割と似た感じだという感触だったんだけどなぁ。

う～む……。

今日は、結構風が強いらしい。

いや、哨戒機が飛んでいる高度の、ではなく、海面風が。

なので、各艦は一部の帆を畳《たた》んで、あまり風に振り回されないようにしているらしい。

よし、『万一の時』は、あの作戦が使えそうだ。

うん、勿論、ちゃんと勉強してきてる。『知識チート』は、使ってナンボ！

地球の帆船時代の艦隊戦については、ちゃんと本を読んでおいた。『風下《かざしも》に立ったが、うぬが不覚よ！』とかいうやつ。

……忍者かっ！

いや、この時代の海軍士官ならそれくらいのことはみんな知っているだろうけど、私には必殺技があるからねぇ。

とか言ってるうちに、双方に被害が出始めちゃったよ！

まぁ、碌に照準がつけられないから、２００～３００メートルくらいの至近距離で撃ち合うわけで、そりゃ当たるわな。数千メートルとか２～３万メートルとかの遠距離から放物線を描く弾道で曲射する公算射撃とは、わけが違うよ。

……でも、別に砲弾内に炸薬が入っていて炸裂するわけじゃないから、当たっても船はなかなか沈まない。木製だから、多少上部が破壊されても、あまり沈没には繋《つな》がらないらしいのだ。

帆柱《マスト》や索具を破壊したり、飛び散った木の破片で乗員を殺傷したりして操艦能力を奪ったり、敵艦に斬り込み隊が移乗したり、というのがメインらしいけど、こんな乱戦で敵艦に接舷したりする余裕なんかないよね。一対一の戦いじゃないんだから……。

派手に爆発したり、炎や黒煙が噴き上がるわけじゃないから、この高空からじゃそんなに分からないけど、多分、既に多くの死傷者が出ているのだろう。そしてその中には……。

私が王都のパーティーで会った人、港町のバーで面白い話を聞かせてくれた人、そして軍人くん。

船のどの部分に乗っていようが。そしてお偉いさんであろうが、下っ端水夫であろうが。

『死』は、そんなことには関係なく、平等に訪れる。

哨戒機の搭乗員《クリュー》達は、飛行機乗りとはいえ、海軍の軍人だ。

そして海軍軍人たる者、船や砲撃戦には普通の者以上に興味があるだろう。

だからか、皆、自分の仕事をしつつも見張り窓から下を見ている。この高度からじゃ、あまり細かいところは見えないだろうに……。

見張り窓の多くは、外側に膨らんでいる、通称『出目金《でめきん》』と呼ばれている張り出しタイプだ。

だから、真下も見えるようになっている。……距離がありすぎて、よく見えないけどね。

＊　＊

砲撃戦が始まってから、既にかなりの時間が経っている。

艦数は、互いに、30隻前後。

そりゃ、国の命運を懸けた、天下分け目の大海戦、とかいうなら、それぞれ3桁に届く数の艦艇が入り乱れての総力戦になるかもしれないけれど、今回はあくまでも小競り合いであり、艦数としてはショボい。

でも、それは地球での大きな戦いのことを知っている私だからそう思えるのであって、このレベルの文明での敵味方30隻同士、合計60隻の砲撃戦というのは、かなりのものなのだろう。

……特に、その戦場に身を置く者達にとっては。

『同盟国が劣勢のようですね。５列に別れた戦隊のうち、３隊がかなりの被害を出しているようです』

双眼鏡で詳細を確認してくれている機上武器員《ORDNANCE》が、そう教えてくれた。

私の国の同盟国、ということになっているヴァネル王国側は、６隻ずつで、５つの戦列を形成している。

かなり歪《いびつ》ではあるけれど、一応は、単縦陣だ。それが5本、それぞれ別個に行動している。

より有利な位置に占位できるよう、それぞれの戦隊司令の指揮によって。

それに対して、敵、ノーラル王国側は、４隻ずつ８つの戦列を形成している。

合計32隻で、ヴァネル王国艦隊より２隻多い。

無線機による細かい意思疎通とかはできず、操艦も動力船のようにはいかないため、それくらいの隻数が統一行動を取れる限界なのかな。戦隊旗艦が上げる旗旒《きりゅう》信号が見える距離、とかいう限界がありそうだし……。

尤《もっと》も、双方全ての艦が最強の戦艦ばかりだというわけではなく、上は最新の64門艦から、下はや旧式の40門艦あたりまで、色々ある。それらが、それぞれ同クラスの艦ごとに戦列を形成しているのだ。

……そりゃ、性能ごとに揃えなきゃ、艦隊行動が取れるわけがないか。

速度、旋回半径、攻撃力、防御力、その他諸々。動力船ならばともかく、帆船だと同じ性能の艦でないと、同一行動を取れるわけがない。

だから、まぁ、隻数だけで優劣が決まるというわけでもないんだけど……。

『お仲間、判断をミスりましたね……』

そう、機上武器員《ORDNANCE》の人が言う通り、ヴァネル王国艦隊は大失敗をやらかしていた。

普通であれば、帆船同士の艦隊戦は風上側が有利。

そう思われがちだけど、それはただ『敵に向かって進むのに有利であり、接敵に関する主導権が握れる』ということに過ぎない。そしてそこには、大きな落とし穴があった。

……今日は、風が強い。

風が強いと、帆に風を受けて進む帆船は、風下側に大きく傾く。そしてその結果……。

風下側の舷は最下層の砲列甲板《ガンデッキ》が波に洗われ、砲門扉が開けなくなる。つまり、使える砲数が激減するというわけだ。

そして更に、使える砲も下方を向くため、上げられる仰角に制限ができる。

そのため、『風下から接近するなど、逃げ腰の腰抜けが使う戦法である』として風上からの接敵を信条とするヴァネル王国艦隊は、その攻撃力を大きく減じていた。そして更に……。

「1個戦隊当たりの艦数を4隻と少なくして身軽に動き回り、ヴァネル艦隊の戦列の後方艦を狙うか……」

そう、後方で砲撃戦となっても、砲が側面にしかなく、しかも砲の可動範囲が狭いため、前方の艦は後方の艦の支援ができないのである。

支援のためには、反転しなければならない。

しかしそんな状況での反転はあまりにも無謀であり、リスクが高かった。

個々の艦数は少ないものの、8個の敵戦隊は、そんな隙を見逃してくれようはずもない。

『決まりましたね……』

双眼鏡ではなく大型カメラを構えた機上武器員《ORDNANCE》が、そう断言した。

撮影は機体下部のカメラポッドでも行われているが、どうやらそれだけでは満足できないらしかった。

そして、私は……。

「出ます！　我が国の艦隊、介入開始！」

介入する場合については、事前に説明してある。なので、この機はこのまま上空で待機していてくれる。

よし、転移！

地球の、ウルフファングの本拠地《ホームベース》で借りている部屋に出現して、肩掛け式の拡声器を掴《つか》み……。

転移！

『出撃！　総員、戦闘よ〜〜い!!』

戦隊中央の艦の見張り台に転移し、拡声器で叫ぶ。

１回目は上空に出て艦の位置を確認、２回目の連続転移で見張り台に転移したのだ。

艦同士の間隔が狭いから、スピーカーを通した私の声は前後の艦にも届いているだろう。

念の為、旗旒信号も揚げさせるけど……。

「「「「「うおおおおお〜〜!!」」」」」

ありゃ、全艦から轟《とどろ》く叫び声から、どうやらちゃんと聞こえたらしい。旗旒信号は必要なさそうだな。

……でも、まぁ、手順通りに揚げさせるけどね。決められた手順は、きちんと守らなきゃね。

ボーゼス伯爵領の沖合で、単縦陣で航行していた3隻の元拿捕艦。

今は我が国の艦《フネ》となり、新しい名が命名されているけれど、今日だけは昔の国籍、昔の艦名に戻っての行動だ。

昔の名前で出ています……、って、うるさいわ！

『全艦、両舷、砲撃戦用意！　目標、敵、ノーラル王国艦隊！

両舷全速ぅ……、ヴァネル王国探検船団、発進!!』

いや、両舷全速も何も、推進器は無いし、既に高速で航行しているけれど、こういうのは勢いだ！

よし、転移!!

＊　　＊

「『ネイディ』、戦列から離れます！　操艦困難の模様！」

「くそっ！」

第一戦隊の旗艦、64門艦『アティリル』の船尾楼で、艦隊司令官であるメルベルク中将は苦虫を嚙《か》み潰《つぶ》したような顔をしていた。

艦は、そう簡単には沈まない。なので、敗北が確定したならば、逃げれば問題はない。

幸いにも逃走すべき方角は風下側であり、帆船が、風下に逃走する帆がほぼ無傷の敵艦を拿捕するのはそう簡単ではない。なので、今、逃走を決断したならば、拿捕されて捕虜となる確率は低いであろう。そう、問題はない。

……ただひとつ、この戦いの敗北と植民地の失陥、そして惨めな敗走の全ての責任を負わされ、自分の軍人生活が終わりを告げるであろうことを除いて……。

しかし、そんな些細《ささい》なことのために、多くの将兵の命と艦を失わせることはできない。

勇気ある行動というものは、決して、敵に向かって無謀な突撃を行うことだけではない。

「やむを得ん、全艦に、撤退……」

「敵艦の手前に、弾着多数！」

「なに？」

艦隊戦の砲撃というものは、200～300メートルくらいの距離で撃ち合う、殴り合いである。

なので、何らかのミスによる何発かの外れ弾ならばともかく、敵艦の手前に多数の砲弾が落下するはずがない。そして何よりも、この戦隊で健在な艦は先程斉射したばかりであり、今のタイミングで砲撃できる艦はいないはず。

ならば、何が……。

「右舷後方、3隻接近、40門艦！　我が軍の艦《フネ》です、あれは……、え……」

見張り員が、言葉を途切れさせた。

「半数が脱落したか。どの戦隊だ！」

司令官が、6隻のうち半数を失ったのであろう戦隊を確認させようとしたが……。

「40門艦、『カリアード』ほか、2隻！　昨年、新たな大陸を求めて出航した、探検船団です!!」

「な、何だとおおぉっ!!」

探検船団。

聞こえはいいが、生還の確率がそう高いわけではない、イチかバチかの大博打《おおばくち》。

政財界に取り入った、胡散臭《うさんくさ》い奴隷商人に与えられた、廃艦寸前の3隻の老朽艦。

そしてはみ出し者や落ちこぼれ、問題児や政治的に『消えて欲しい者』とかを押し込んで送り出された、皆が『今頃は、どこかで野垂れ死にしてるだろうな』と思い、しかし決してそれを口に出すことのない、可哀想な船団。

「それが、なぜ……」

「次弾弾着、数発が命中！」

40門艦。片舷20門が、3隻分。最初のが1隻分で、その結果を見ての、今のが2隻分とするならば……。

40発の砲弾が降り注げば、数発くらいは命中しても不思議はない。いくら曲射とはいえ、そう大した距離ではないのだから。

しかし、砲弾には炸薬が詰められているわけではなく、ただの鉄の塊に過ぎない。巨体に数発の鉄塊が当たった程度で、軍艦がどうにかなるわけではない。

敵艦に接近することなく、あのような遠距離から撃ったところで、大した被害が与えられようはずもない。

なので、司令官の頭にあるのは、3隻の砲撃や命中弾のことではなく、その3隻がなぜ今、ここにいるのかという謎についてであった。

「しかし、接近もせずに遠距離から無駄撃ちするような腰抜けが3隻来たところで……」


ドンドンドンドンドンドン！


「え？」

突如響いた砲撃音と、自分の眼に映った、信じられない光景。

そう、風上側に占位した自分の戦隊と、風下側にいる敵艦。6対4とはいえ、こちらの後方の3隻は先程まで同航戦を行っていた他の敵戦隊によって手酷くやられている上、全ての艦が風下側への傾斜のため最下層の砲列甲板《ガンデッキ》は砲門が波に晒《さら》され、また砲が下を向きすぎており狭い仰角範囲では敵艦に砲口を向けられなかったりで、使用不能。砲撃力では敵に大きく劣っていた。

そして、そんな自分の戦隊と、敵戦隊との間に、1隻の旧型艦の姿があった。しかも、敵艦との距離は、考えられないような超至近距離である。

「そんな馬鹿な！　さっきまで、いなかった。絶対にいなかった!!」

そんな司令官の言葉をよそに、敵の先頭艦に片舷斉射を行った旧型艦は、……姿を消した。

「「「「「…………」」」」」

静寂に包まれた、旗艦の船尾楼。

当たり前である。今、口にすべき言葉を持っている者など、ひとりもいない。

ドンドンドンドンドン！

「「「「「え……」」」」」

今度は、敵先頭艦の風下側に現れた、先程の旧型艦。

そして、再びの片舷斉射。先程とは反対舷になるので、当然ながら砲撃準備は完了していたのであろう。今度は風上側の舷なので、勿論、最下層の砲列甲板《ガンデッキ》も含めた全ての砲が使用可能であった。

最初の砲撃では、最下層の砲は使えなかったが、超至近距離であり、謎の味方艦の砲は艦の傾斜のため、やや下向きであった。

そして敵艦は風下側に傾いているため、本来は喫水線下となる部分を海面上に晒していた。

なので、当然のことながら、謎の味方艦の狙いは、その『本来は海面下となる、喫水線より下の部分』であった。

砲門を狙って敵艦の攻撃力を削ぐ、という選択肢もあるが、この味方艦は砲門を狙うのではなく、喫水線下の集中攻撃により相手の致命傷、すなわち『撃沈』を狙うという選択肢を選んだようであった。

そして放たれた20発の砲弾は海面すれすれの部分を狙い、海面に落ちてしまった砲弾もそのいくつかは海面で跳ね返って敵艦の横っ腹へと突き刺さった。

そして、反対舷における二度目の攻撃。

今度は風下側からの攻撃であるため、最下層の砲も含めての片舷斉射である。

敵艦がこちらに傾いて甲板を見せており、こちらの砲は上向きであるため喫水線付近は狙えない。なので今度の狙いは、敵艦の甲板であった。

マストをへし折り、索を切り、帆を破り、水夫達を殺傷する。

……そう、敵の航行能力を喪失させるのである。

先程、反対舷の喫水線下に大孔《おおあな》を開けまくった。もし、その状態で敵艦が帆による操艦能力を失い、あるいは風に対する自艦の角度を変えて、艦の傾きが復元、もしくは反対になれば……。

ヴァネル王国側には、最初の砲撃によって敵艦の喫水線付近に開けられた破孔がはっきりと見えていた。そして勿論、二度目の砲撃で受けた、マストの被害と甲板上の惨状も。

更に、味方の旧型艦は、甲板から火炎壺《かえんつぼ》による攻撃を行っているらしい。

壺に油を入れて布で蓋をして、火をつけて投擲具《とうてきぐ》により敵艦に投射する。あれくらいの超至近距離であれば、楽々届くであろう。

敵艦に広がる火の手。これでは、とても操艦操作どころではあるまい。そして、帆の力を失って艦体の傾斜が戻れば、水面下となった破孔から、大量の海水が……。

「敵戦隊旗艦、速力低下！　戦列から脱落します！」

先頭艦の速力が落ちれば、二番目以降の艦がつんのめる。ブレーキをかけることができない以上、先頭艦を避けて進むしかないであろう。

そして敵艦は、急な変針で混乱が生じ、戦列を大きく乱した上、こちらの艦を射界から外してしまっている。

士官達は、見張り員からの報告が耳には届いても、あまりのことに、頭の中に染み込まない。

しかし、船尾楼の連中が無為に立ち尽くしている間にも、砲列甲板《ガンデッキ》では必死の次弾装塡作業が進んでいるはずである。その準備が完了したならば……。

「消えた……」

そして、再びその姿を消した、味方艦。

奇跡はこれで終わりか、と思われた時、三度《みたび》現れた、旧型艦。

但し、先程とは別の艦である。それが、敵の二番艦の後方、接触しかねないほどの超至近距離に出現した。進路は、直交方向である。……つまり、敵艦の艦尾ぎりぎりを、横から通過する形である。

この相対位置で、やることといえば……。

ドンドンドンドンドン！


敵艦の艦尾とのすれ違いざまに、前方の砲から順に発射された。

艦尾側から艦首側への砲撃を、超至近距離から、片舷の全門で順番に……。

防御隔壁がない、艦体の縦方向への貫通弾。帆船の最大の弱点である。

そこに、順番に片舷の全弾を叩き込むなど、まさに悪魔の所業であった。

「えげつねぇ……」

ヴァネル王国艦隊第一戦隊の船尾楼で呟《つぶや》かれたその声に、皆が心の中で頷いていた。

＊　　＊

『次、行くよ～！』

「「「「「お～～!!」」」」」

最初に使ったカリアード号は、装填作業中。

二隻目に使った艦《フネ》は、後方からの攻撃の訓練を積ませた艦だから、片舷撃っただけで少し待機。

勿論、撃った方の舷は装填作業にはいっている。

その間に、残りの1隻を使って最初のと同じ手順で攻撃する。

さっきの戦隊はもう大丈夫だろうから、今度は別のやつを狙う。

艦尾からの攻撃なら1回で1隻潰せるかもしれないけれど、内部はぐちゃぐちゃになっても艦《フネ》としては艦体もマストも大した被害じゃないからねぇ。本国まで戻れば、修理は結構簡単そうだ。

そして、人的被害は大きそう。

……あんまりやりたい方法じゃないなぁ。今回の私の目的にも合わないし。

それに、私抜きでできるとも思えない。そんな方法の経験を積んでも、あまり役には立たないか。

今回は、実験を兼ねて1回やってみたけれど、あのやり方はもうやめて、あの艦《フネ》にも普通の接射の練習をさせよう。超至近距離での転移砲撃が『普通』かどうかは置いといて。

……いや、超至近距離での砲撃も、そりゃ私抜きでは難しいとは思うよ？　でも、まぁ、『そういうもの』だという経験にはなるじゃん？　この後、余裕ができたら遠距離砲撃の練習もさせるつもりだし……。

よし、転移！

＊　　＊

「いったい、どういうことだ……」

あの後、戦隊旗艦と二番艦を一瞬のうちに、理解し難い奇怪な現象で無力化された敵の戦隊は、ほぼ無傷の艦が2隻に大破艦が2隻。そしてこちらが小破3隻に中破3隻とあっては到底勝負にはならず、そしてそれ以上に、先程目にしたことへの衝撃があまりにも大きかったせいなのか、その後戦いに精彩を欠いてヴァネル艦隊側に一方的に叩かれ、現在は同航戦状態から逃れて離隔している。

結局、4隻中3隻はかなりの被害を受けたものの沈没のおそれはなさそうであったが、喫水線下に多くの破孔を生じた先頭艦はほぼ停止しており、破孔からの大量の浸水により次第に浮力を失いつつあった。

逃げる3隻を追撃するのは容易《たやす》いが、今は健在な敵艦を叩くのが先である。ボロボロで速力が大幅に低下した艦など、いつでも追いつける。

そしてほぼ無力化したその戦隊は無視し、他の敵戦隊に向かって有利な位置へ占位しようとしている第一戦隊であるが、その、一時的な平穏の間に、船尾楼では司令官が疑問の声を漏らしていた。

「こんなところにいるはずのない、探検船団。そしてその乗員達は、軍艦乗りとしては無能……あまり能力のない……落ちこぼれ……、いや、とにかく、『それほど才能があるわけでもなく、勇猛というわけでもない連中』だったはずだ。それが、どうして……」

しかし、司令官のその言葉は、幕僚のひとりによって遮られた。

「いえ、そのような些細なことはどうでもいいでしょう。問題は、あの、『一瞬で敵艦に接近し、そして一瞬で離隔するという、謎の現象』ではありませんか？　それは、まるで……」

軍艦が、突然消える。

船尾楼にいる者達は、そういう話に聞き覚えがあった。それも、比較的最近……。

「女神の、奇跡……」

そう、それは現代の神話、『女神に愛されし船、軍艦イーラス』の物語であった……。

「距離、１２００！」

見張り員の声に、皆の思考が切り替わった。

そう、僅かな空き時間は終わったのである。

「第三戦隊を支援する！　敵戦隊の手前５００で取舵《とりかじ》いっぱい、同航戦となす。右舷砲撃戦用意！」

敵側は、ひとつの戦隊の隻数は4隻と少ないが、戦隊の数は味方を上回る8個戦隊である。

1個戦隊同士で戦っているところは風上側という不利な条件下にも拘《かかわ》らず善戦しているが、2対1となっているところは圧倒的に劣勢である。既に大破して戦闘力を失っている艦も多い。

しかし、この戦隊が乱入し、戦隊の数が2対2と同数、そして艦の隻数では12対8と、圧倒的な優勢となれば……。

＊　　　＊

「撃《て》てっ!!」

どんどんどんどんどん!

一斉、というには些《いささ》かばらついてはいるものの、片舷斉射の発射音が轟いた。

こちらは、第一戦隊が味方の支援のため単縦陣の敵艦の側面から突入しているところではなく、1個戦隊でノーラル艦隊の2個戦隊を相手にしている他の戦隊、第五戦隊である。

艦数では6対8、占位位置の不利もあり、圧倒的な劣勢である。

敵艦の攻撃力を奪うため、砲列甲板《ガンデッキ》に向けて片舷斉射を行ったが、当然のことながら、幾ばくかの成果はあったものの、完全に戦闘力を奪うには程遠い。それどころか、こちらが先に全戦闘力を奪われそうであった。

それも当然であろう。こちらの先頭の2隻には敵艦が2隻ずつ、そして他の4隻にはそれぞれ1隻ずつが張り付いて、撃ち続けているのだから。

……しかも、こちらは風下側の最下層砲列甲板《ガンデッキ》の砲は使えない。

これでこっちが優勢ならば、勲章モノである。

「くそ、ジリ貧だ！　艦隊旗艦は……」

今、戦隊司令が気にしているのは、ただひとつ。自分が指揮する戦隊が全滅する前に、艦隊旗艦、つまり艦隊司令部が乗艦している第一戦隊旗艦のマストに撤退を指示する旗旒信号がいつ掲《かか》げられるか、ということだけであった。

できれば、それがこの戦隊の各艦が航行能力を喪失する前であって欲しいと願いながら……。

どんどんどんどんどん！

「え……」

敵艦の手前に突如現れた、見知らぬ……、いや、些《いささ》か旧型ではあるが、自国の旗を掲げた味方艦。

そして、あとは第一戦隊の者達が見たのと同じ光景が繰り返された。

……違っていたのは、2隻目も、後方からではなく側面から砲撃されたということだけであった。

「…………」

一瞬のうちに戦闘力を失った、敵の先頭艦と二番艦。

……そして消え去る、援軍として現れた謎の味方艦。

「「「「…………」」」」

暫《しば》し呆然《ぼうぜん》とした無言の刻《とき》が流れ……。

そして皆が、ハッと正気に戻った。

「女神の御加護、我に有り！　撃てえええええぇ～～!!」

「「「「うおおおおおぉ～～!!」」」」

勿論、船尾楼で『撃て』と叫んでも、まだ砲列甲板《ガンデッキ》では次弾の発射準備は整っていない。ただの景気づけの叫びに過ぎない。

しかし、敵艦の動揺と、この勢いがあれば。

……そして、それに更に女神の御加護が加わるならば……。

「……勝てる!!」

第五戦隊司令は、口元を歪《ゆが》め、凶暴な笑みを浮かべてそう呟いた。

＊　　＊

『最初の艦が沈みそうです。乗員は離艦中！』

「了解！」

よし、待っていた連絡が来た！　勿論、上空にいる哨戒機からの無線連絡だ。

沈み始めて乗組員が脱出を始めた艦があれば、すぐに教えてくれるようお願いしておいたのだ。

……なかなか沈まないんじゃないか、って？

それは、普通に撃ち合った場合の話だよ。

超至近距離で、船体の傾きのため大きく水面上に露出した船底部分に斉射を喰らって、引き続き反対舷から甲板上を砲撃された上に油を詰めた火炎壺攻撃で火の海にされたんじゃあ、水面下になった破孔から海水が雪崩《なだ》れ込むのに対処することもできないだろう。

沈む時には沈むよ、うん。

それに、破孔が小さくてなかなか沈みそうにない艦《フネ》の何隻かは、私が転移で船底の一部を『連れていった』からね。

で、なぜ私が艦《フネ》が沈む瞬間を知りたかったかというと……。

「転移！」

そう、勿論、戴くためだ。

大砲、火薬、砲弾。

新型砲が出来るまで、うちの新造艦に積む砲や、鹵獲艦の砲身命数が来たやつとの交換用の砲。

備蓄用の火薬や砲弾の確保。

そして、船具や工具、マスケット銃やその火薬、弾、金庫、保存食、その他何でも、いただきヤスベエ！

下層甲板の火薬は少し濡《ぬ》れちゃったりして駄目になるものもあるだろうけど、少しくらいは仕方ない。

なぜ沈む直前まで待つかというと、それは勿論、『謎の艤《ぎ》装品《そうひん》消失現象』を敵艦の乗員に見られないように、だ。なので、乗員が脱出を始めるまで待っていたわけだ。

艦を丸ごと戴く、というわけにはいかない。

今回は、あくまでも『両国の艦隊が戦った結果』というわけであって、決して女神が大鉈《おおなた》を振るって、ということじゃない。ノーラル王国側には、そう思わせるのだ。

いや、ヴァネル王国側には女神の仕業だと思われるのは仕方ないけれど、一応、『救援に来て、敵艦を沈めたのは自国の艦《フネ》』だ。そして、普段より撃沈率が少し高いだけ。

……ちょっと無理があるけれど、艦《フネ》が撃った砲弾によって沈んだのである。決して、女神が沈めたわけじゃない。

うまくすれば、『我が国は、女神の加護で護られている』とか考えて驕《おご》り高ぶって、軍事力の増強を怠《おこた》ってくれるかもしれない。どうせ女神に助けてもらえるのだから、無駄な軍事費を使う必要はない、とか考えて……。

敵艦隊の母国への報告は、『突然、超至近距離に現れた敵艦の斉射により～』ってことになるだろうから、報告を受けた側は、『目の前の敵との砲撃戦に集中していたため、別方向から単艦で突入してきた敵艦の発見が遅れ、衝突覚悟の大角度変針で超至近距離を反航戦ですり抜けた敵艦の一斉射で致命傷を受けた』と解釈するだろう。

まさか本当に『突然現れた』とは思わないだろうし、艦隊の士官達がいくらそう説明しても、責任逃れの戯言《たわごと》としか思われまい。

うむうむ、完璧の母!!

よっしゃあ、続けて行くよ！

次弾装填が終わったやつから、敵艦にそっと寄り添い、片舷斉射！

確実に沈没に追い込まなきゃ、中身が貰《もら》えないからね。

チャキチャキ行くよっ!!

＊　＊

「こんなもんか……」

ノーラル艦隊の戦隊旗艦を次々と潰し、二番艦も何隻か潰した。

その大半が、沈没間際か、既に沈没済み。……搭載していた武器弾薬や資材、食料、金庫とかを全て失った、ドンガラだけの状態で。

これ以上沈没させると、明らかに沈没艦の数が多すぎて異常だ。それに、やり過ぎは良くない。

そう、今日はこのへんで勘弁しといたろか、ってヤツだ。

あとは、自力で頑張ってもらおう。

第三戦隊旗艦、『リヴァイアサン』は健在。

いや、勿論ノーダメージというわけじゃない。だから、軍人くんが無事かどうかは分からない。

それは仕方のないことだ。そこまで恣意的なことはできない。今の私は、軍人くんの女友達《ガールフレンド》のミツハじゃなくて、ゼグレイウス王国の貴族、ミツハ・フォン・ヤマノ子爵なのだから……。

『よし、あとは「普通の砲撃戦」の練習だよ！　残弾全部撃ち尽くすまで、遠距離砲戦!!』

スピーカーで、皆に指示を飛ばす。

あとは遠距離からの曲射……山なりに撃つやつ……の練習をさせる。遠距離とはいっても、高々1マイルくらいだ。

最大射程距離はもっとあるけれど、そんなギリギリ弾が届くだけの距離から撃っても、意味がない。至近距離からの直射ではなくとも、せめて有効射程距離内でないと……。

この世界の現在《いま》の海戦では、200～300メートルくらいでの撃《なぐ》ち合い、ってやり方がメインらしいから、転移で一撃離脱、ってやり方じゃなければ、当然こっちも攻撃される。

貴重な我が軍の艦《フネ》と乗員に被害を出させるわけにはいかないので、それはパスだ。

なので今は、新型砲が完成した時のために、遠距離砲撃の練習をさせるのだ。

そしてうちの新米海軍の者達には、両艦隊の凄絶な撃《なぐ》ち合いを見て、たっぷりと勉強してもらおう。うしろでどやしつけている、元捕虜《おにぐんそう》達に指導されながら……。

砲弾と火薬、替えの砲身は、たっぷりと手に入れた。今積んでいる弾薬は、全部使い尽くしても構わない。どうせ、新型砲を作るまでの繋ぎだ。

……いつになるか分からないけどね、新型砲の完成と、量産……。

＊　　＊

そして、実目標《てきかん》相手に遠距離からの砲撃を何度かやって、そろそろ撤収の頃合いとなった。

敵艦側は、そんな殆《ほとん》ど命中せず、たとえ数発がたまたま命中しても受ける被害はあまりない腰抜け攻撃をやっている遠くの艦に構っている余裕はなく、目の前にいるヴァネル艦と交戦するのに必死で、こっちに撃ち返してくるような艦《フネ》はいなかったから、我が軍には被害なし。

これでいいんだよ。うちがやっているのは、新型のライフル砲で遠距離から炸裂弾を撃つ時の練習なんだから。アウトレンジから、一方的にね。

馬鹿にしたけりゃ、するがいい。今に見てろよ……。

今回、ヴァネル艦隊を負けさせるわけにはいかなかった。

もしヴァネル王国側が負けると、海軍の増強、新造艦の建造が始まってしまうだろうし、そのために古くなった艦が第一線を退《しりぞ》き、失った植民地の代わりを探すべく探検船団として商人とかに貸与される可能性が出るからだ。

……それに、もし国がガタガタになって余裕がなくなれば、私の後ろにあるお金や商品、物資やその他諸々を狙って形振《なりふ》り構わぬ手段に出たり、私の『本国』を手に入れて富や技術を我が物に、とか考えられると困るからね。せっかく根を張ったヴァネル王国から撤退して、ノーラル王国でまた始めからやり直すのも、面倒臭い。

……そしてノーラル王国には、みっちゃんも、軍人くんもいないからね……。


交戦が始まってから、既にかなりの時間が経っている。日没は過ぎ、辺りは暗くなり始めている。

戦いは、勿論ヴァネル艦隊の勝利に終わった。各戦隊の旗艦がことごとく潰され、二番艦もかなりの数が私達に叩かれたのでは、いくら緒戦で優勢であったとはいえ、勝てるわけがない。

今は、逃走に移った艦、降伏してヴァネル艦隊に拿捕されつつある艦と、最後の詰めの段階だ。

間もなく完全に暗くなるので、現在拿捕している艦《フネ》以外は、航行能力を失っているものを除き、捕らえることができずに逃げられてしまうのだろう。

拿捕した艦《フネ》は、その価値に応じて艦隊の者達に拿捕賞金としてお金が配分されるらしいから、皆、1隻でも多くの拿捕船をと、必死な模様。

地球でもそういう制度はあったらしい。直接拿捕したフネだけでなく、その瞬間に見通し距離の圏内にいた全ての味方の艦《フネ》の乗員に報酬を貰える権利があったとか……。

ま、当たり前か。複数艦で追いかけて、前方に回り込んで停船させた艦《フネ》とかがいるのに、一番最初に接舷して乗り込んだ艦《フネ》の乗員に総取りされたんじゃあ、そりゃ喧嘩《けんか》になっちゃうよねぇ。

取り分も、指揮官が全体の1／8、艦長が3／8、士官1／8、准士官・下士官1／8、そして兵が2／8とかで、なかなかのものだったとか。軍艦は高価だからねぇ。

見通し圏内に僚艦なしの一対一で戦って、敵を撃破。相手が降伏する寸前に敵が放った最後の砲弾が船尾楼を直撃、生き残った士官がひとりだけ、とかになれば、初級士官がひとりで1／8、とかいう夢のような……、って、仲間の士官全員が目の前でミンチになったら、そりゃ、夢は夢でも『悪夢』の方か。

もしそんなことになっちゃったら、私なら、自分の取り分全額を亡くなった士官達の遺族に贈るよなぁ……。

いやいやいやいや、元々、亡くなった乗員の取り分は、ちゃんと遺族に引き渡されるようになってるよね？　私が国の偉い人なら、絶対にそうするよ！

……ま、戦闘中に士官全員が一ヵ所にかたまっている、なんてことがあるはずないけどね。

かなり暗くなってきたな。そろそろか……。

携帯無線機のスイッチを、ポチッとな……。

『2分後に、令なくして照明弾投下！』

『了解《ラジャー》！』

よし、これで、改めて指示しなくても、自動的に投下を開始してくれる。

転移！


「出番だよ～！」

「「「はいっ！」」」

うん、ヤマノ子爵家メイド成年隊の中から選ばれた、船魂《ふなだま》要員の3人だ。

探検船団の艦《フネ》は全部老朽艦だから、少女隊の子ではアレだからねぇ。

かといって、お年寄りを起用するほどのチャレンジャーではない。

なので、普通に、若手の成人の中から選んだ。

船魂は、妙齢になった時点で外見の変化は止まる、という設定だ。

特別手当が出るから、希望者殺到だったよ。

一応、『危険がないわけじゃないから』ということで、結構高額にしてるんだよね、特別手当。

いや、みんな、危険なんかないって思ってるようだけど、何かの弾《はず》みで私が砲弾の直撃を受けて吹っ飛んだりすれば、みんな、知らない異国の地で立ち往生だよ？　広瀬《ひろせ》中佐の例もあるし……。

他にも、足を滑らせて見張り台から落ちるとか、全く危険がないわけじゃないんだから……。

とにかく、役割は事前に説明してあるし、この3人は、以前にも船魂役のアルバイトをしたことがあるから、安心だ。

ひとりずつ、探検船団の3隻の見張り台に連れていく。

既に本来の見張り員は見張り台から下ろしてあるので、問題ない。

よし、トリプル連続転移！


3人をそれぞれ見張り台に送り届け、しばらく待つと、哨戒機が照明弾を投下し始めた。

そう、毎度お馴染み、航空機から投下する照明弾、吊光投弾《ちょうこうとうだん》だ。

強烈な発光体が、小型のパラシュートにより、ふわふわと、ゆっくり降下する。

そして、その明かりを背後から受けて、闇の中に浮かび上がる3隻の船体と、その見張り台に立つ、3人の女性。

距離があることと、後ろからの明かりなので顔はよく見えないが、当然ながら、観客の皆さんはそれを『絶世の美女』であると決めつけ、そう信じ込むだろう。

……いや、一応、ちゃんと美人さんを選んであるけどね、念の為。

探検船団は、将官旗と指揮官旗が掲げられているため艦隊旗艦であることが分かっている艦の側を走らせている。なので、見張り台の女性、『船魂』を含むそのシルエットは、旗艦を含む多数の艦から視認されている。

そう、帰国後に上層部へ報告する者達、全員の眼に……。

＊　＊

「司令官、探検船団旗艦、カリアードから発光信号です！　本文、『カゾクヲタノム　ヴァネルオウコクニエイコウアレ』……」

「何？　これから我らと一緒に帰国するのではないのか？」

それにはそぐわない内容の文章に、とまどいの声を上げる司令官。そして……。

「3隻全てが発光信号を打ち始めました！　文章は、全て同じです！　全艦、『サヨウナラ』……、ただ、『サヨウナラ』と繰り返し打ち続けています!!」

見張り員からの報告を聞きながら、無言で3隻の姿を見続ける船尾楼の人々。

いや、甲板上でも、砲列甲板《ガンデッキ》からも砲門から身を乗り出して……。

そして、見張り台の上の女性が手を振り続け……。


「「「「消えた……」」」」

「既に、彼らは女神の許へ召されていたというのか？　そして、我らのあまりにも不甲斐《ふがい》ない姿に我慢できず、死してなお、祖国のために戦いに参上してくれたというのか？

自分達を生還の可能性が低い無謀な探検へと追いやった祖国のために、それでも忠義を尽くしてくれたというのか……」


『ヴァネル王国海軍、ばんざ～い！』

『探検船団、ばんざ～い！』

戦闘が行われた海域に響く、全てのヴァネル王国艦から上がる、鬨《とき》の声。

しかし、艦隊旗艦の船尾楼では、皆ただ立ち尽くし、滂沱《ぼうだ》の涙を流すのみであった……。


後に、艦隊司令官が発案した、『探検船団の3隻の乗員達にも、拿捕賞金を分配すべきではないか。そしてその分配金は、乗員達の家族に手渡してはどうか』という提案は、艦隊に所属する船乗り達、ほぼ全員により支持され、決定した。

そして、『艦長以下の者達は分ける艦の数が増えれば取り分が減るが、指揮官である艦隊司令官の取り分は変わらない』ということに気付いた者は、ひとりとしていなかった……。

第八十一章　戦い終わって

私は勿論《もちろん》、うちの艦《フネ》の乗員達に口止めをしていた。

女神の御業《みわざ》について軽々しく口にしてはならない、この奇跡は3隻の乗員達の心にそっとしまい込むべきものである、と説いて……。

勿論、こんなことが広まったらヤバいことになるからである。

……主に、私が。

それに、下手をすると軍や上層部が慢心する可能性がある。

自分達は女神に護られている、我が国は無敵だ、とかいって……。

それは非常にマズい。致命的だ。

それに、もしこんな話が『あの人達』にバレたら……。

そう、『渡り』の力を使うと生命力が～、と説明してある、あの人達に……。

＊　　＊

「ミツハはどこだ！　出てこい!!」

うひゃー、ボーゼス伯爵様、激おこだぁ！

うん、実戦に出るかもしれない、って伝えた時、『私も同行する』と言ってたからなぁ、伯爵様。

でも、伯爵様についてこられると、転移やりまくりを見せるのはアレだから、今回は『ちょっと、外洋に出て戦隊行動の訓練を』ってことにしてたんだ。

勿論私も乗艦せず、この国、ゼグレイウス王国の海軍士官が各艦長を務め、同じく王国の海軍兵士達が乗艦して。

……そして今回は、それにプラスして、元の乗員達、つまりヴァネル王国の船乗り達の内、鬼軍曹に相当する人達にコーチとして乗艦してもらっていた。『訓練指導』のために、ね。

たまたまだよ、たまたま！

たまたま、その訓練中に事件が起きて、そのまま緊急出動しただけ！

軍隊式の言い方をするならば、『突発的に事象が生起したため、現場の判断により緊急対処した』とかいうやつね。

だから、仕方ない。不可抗力だ！

……でも、伯爵様は、私が『カリアード』の艦長に持たせた事情説明の手紙の内容に納得しなかった模様。

そして今、うちの領地邸に怒鳴り込んできたわけだ。わざわざ、馬を飛ばして何時間もかけてやってきて……。

普通に訪問すれば通されるのに、玄関先で怒鳴り散らすものだから、メイド達も案内できずに固まっちゃってるよ。

……うん、相当怒ってるよね、これは。

やばたにえん……。

でも、玄関先で騒いでくれたおかげで私が先手を打てるわけだから、ありがたい！

「アントンさん、あとは任せたよ！　伯爵様の対処、お願い‼」

「……え？　ミツハ様、いったい何を？　……ま、まさか……」

艦《フネ》の連中には、『今回は極秘任務のため、詳細を口にすることは禁止する』、『女神の御業についても、口外することを禁ずる』と念を押してあるから、大丈夫だろう。神罰について、ほんのちょっぴり説明しておいたし……。

いや、今回の戦いの位置付けや、戦果については喋《しゃべ》ってもいいと言ってある。自慢話はしたいだろうし、働きに対する報酬、練度の把握とかのためには、そのあたりの報告は必要だ。

……ただ、具体的な超常の戦法、……『女神戦法』についての口外を禁止しただけだ。

ま、多少は漏れても構わない。それが『公式なもの』として正式に報告されたり、戦闘詳報として提出されたりさえしなければ。

「ごめん！　……緊急退避、脱出‼」

「いや、そんな、ま、待って、待ってください……」

……よし、転移！

そして勿論、そんなことで問題が解決するはずがなかった。

もうほとぼりが冷めただろうと、夕方にベアトリスちゃんの部屋に顔を出したところ、待ち構えていた伯爵様達に捕獲され、地獄を見た。

……イリス様も御一緒だったのですね。玄関先での騒ぎではお声が聞こえなかったのに……。

え？　怒りのあまり、声が出なかった？

ははは、ソウデスカ……。

＊　　＊

「何だとおおおっ！」

大臣達と共に大会議室で待っていた国王は、小型帆走軍艦《スループ》の艦長からの報告に眼を剝《む》いた。

このヴァネル艦隊大勝利の第一報は、艦隊の帰還に先立って到着した、伝令のための快速スループによってもたらされた。入港と同時に、艦のことは全て副長に任せた艦長が、自ら馬を飛ばして全速で王都へと向かっての報告であった。

この艦は、戦いの最中は殴り合いの場である戦闘海域から少し離れて待機していたため無傷であった。元々連絡用として使われるだけあり、武装は貧弱ながらも、速力にはいささか自信がある小型艦である。フリゲートというよりは、コルベットに近い小型の艦《フネ》であった。

そのため、艦長始め、この艦《フネ》に乗っていた者達は『女神の奇跡』、そして『探検船団による、奇跡の大逆転』については、その全てを直接間近で目撃したわけではない。戦いが終わった後、搭載ボートで旗艦に移乗し、王宮に届ける報告書を託され、司令部の幕僚達から起こった奇跡についいて、そして陛下に報告すべき第一報についての概要を聞かされただけである。

……詳細報告は、後日、艦隊司令官が自ら行う。

現在、航行能力がさほど落ちていない艦を6隻選び、司令部を移乗して全速で帰投中である。

他の艦は、損傷艦や拿捕艦《だほかん》と共にゆっくりと母港を目指している。

先行した6隻の乗員達は、街に飲みに出れば、戦いの話を聞きたがる街の者たちに無料酒《ただざけ》が振舞われるのが確実であるため、かなりの額となるであろう拿捕賞金のことと合わせて、胸を躍《おど》らせていた。

しかも、話す内容が、女神の使徒となった探検船団と共に敵艦隊を撃滅するという、殆《ほとん》ど神話の英雄譚《えいゆうたん》のような話なのである。女性達にモテまくることは確実であった。

そして勿論、司令官もまた、心を躍らせていた。

女神の奇跡。

自らが率いる艦隊に対して女神が御支援くださったという、『自分達は女神に祝福されし者である』ということ。そしてその事実を、多くの人々の前で陛下に報告するということ。

その栄誉を他者に譲るような指揮官はいないであろう。

今はただ、戦果と被害報告、そして大勝利の知らせと、自国が『女神の加護を受けし国である』ということを第一報として知らせ、陛下の、そして人々の心配を一刻も早く解消するだけであり、そのための伝令艦の存在であった。なので、持たせた手紙による報告内容は、あまり詳細なものではない。

これが負け戦であれば、対処のために正確、細密、迅速な情報が必要であろう。しかし、大勝利とあらば、詳細説明が多少遅れても、大した問題ではなかった。

……しかし、『概略報告』とは言っても、この報告は、あまりにも驚天動地、荒唐無稽、そして報告者の正気を疑うものであった。そして、もしそれが真実であったならば、祖国の未来は盤石であった……。

報告書を読んだ国王は、考え込んでいた。

確かに、少し前に『イーラスの奇跡』というものがあった。

しかしあれは、一隻の艦《フネ》とその乗員の命を救うために、女神が慈悲をお与えになっただけである。

女神が、下賤《げせん》な人間同士の殺し合いなどに興味を持たれることも、ましてやそれに対して干渉されることも、その片方に肩入れされることも、あり得ない。あれはただ、気紛《きまぐ》れに慈悲をお与えくださっただけ。

それが、あの件について聖職者達と討議した結論であった。

なので、引き続き軍隊の維持・増強に努め、外交の手段としてその力を行使することには何の問題もない、ということになったのである。

そもそも、『戦うための組織』、『戦うための船』というものに対して何も言われることなくお救いくださったということは、その存在や役目をお認めくださっているということに他《ほか》ならない。そう主張する軍人達に、聖職者達も頷《うなず》くしかなかったのである。

だが、あれは『人間同士の戦いではなく、大自然の脅威と果敢《かかん》に戦った結果』である。

……しかし、今回は違う。

人間同士の、自分達の意思による戦いであり、殺し合い。

いわば、『仲間割れ』であろう。至高の存在である、女神の視点から見れば……。

……では、なぜ力をお貸しくださったのか？

正義が我らにあると思っていただけた？

それとも、女神は我が国を御寵愛《ごちょうあい》くださっている？

何があろうと、我が国をお護りくださる？

「……ふひ」

国王の口から、おかしな声が漏れた。

しかし、誰もそれを笑ったり、怪訝《けげん》な顔をしたりはしていなかった。

それも当たり前のことであろう。

今、この部屋で報告を聞いていた者達は皆、国王と同じようなにやけた顔をしており、無意識に声を漏らしている者が何人もいたからである。

……そう、皆、国王と同じような思考過程を辿《たど》り、そして同じような結論に達していたのである。

「「「「我が国の栄光の未来は、約束された!!」」」」

＊　　＊

「「「「ヴァネル王国、ばんざ〜い！」」」」
「「「「ヴァネル王国海軍、ばんざ〜い！」」」」
「「「「女神様、ばんざ〜い！」」」」

詳細報告のため軍港の街から王都へとやってきた、艦隊司令官と幕僚達を乗せた馬車の一団を迎える、王都民たちの歓呼の声。

正式発表はまだであるが、先行したスループ艦の艦長がもたらした『大勝利』、『女神の奇跡』という情報は、既に王都中に広まっている。そして現在、更に国中に広まりつつある最中であった。

その後は、周辺諸国を経由して、広く大陸中へと広まってゆくことであろう。

「ふひ……」

「「「「「ふひひひひ……」」」」」

そして、馬車の中の艦隊司令官とその同行者達は、漏れる笑い声を抑えようともしていなかった。

無理もない。

これから先のこと。

賞賛、褒賞、昇任、昇給。

上流階級のパーティーにおいて話題の中心となり、モテまくり。

何しろ、国家的英雄にして、『女神に護られし者達』なのである。今後、自分達の足を引っ張ったり、敵対したりする者が現れるとは思えない。

そして、尻尾を振って群がる、貴族や大商人、若い女性達……。

((((((……勝った!!))))))

彼らがそう思うのは、当然のことであった。

＊　＊

「……ミツハさん、海軍系の貴族達から大量の注文が来ています。高級酒や高級食材、その他諸々……。取引禁止の連中からも、迂回《うかい》購入とかの小細工をすることなく、堂々と……」

レフィリアが、そんなことを言ってきた。

「あ〜、女神の威光を笠《かさ》に着て、調子に乗っちゃったか……」

おそらく、艦隊の艦《フネ》に士官として乗っていた貴族連中が、身内や友人達が出航前にヤマノ産の物を入手してくれたこと。そして自分達は女神の御加護を得た者だという選民思想から、自分達からの要求は受け入れられて当然、とか驕《おご》り高ぶっちゃったワケね……。

身内や友人達は、それらを手に入れるために平民の商人風情に頭を下げたことなど決して語らなかっただろうしねぇ。そして、『女神の御加護』なんか、とんだお笑いだ。

「全て、却下！」

「はいっ！」

うん、ルールの恣意的な運用は、悪評の元。規則は厳格に、例外なく適用する！

特定の客を優遇したりすると、それを見た他の客は不愉快だし、『自分達も優遇しろ！』とか言い出す連中が必ず現れる。

常連が幅を利かせたり我が物顔で振る舞う店は、一般客が寄りつかなくなってすぐに潰れるよね。

……まぁ、それとはちょっと違うけど……。

それに、この国でいくら英雄扱いされていても、他国の者である私には何の関係もないし。

レフィリアは、『国の英雄達からの注文に応えないとは、何たる無礼な！』とか言って責められるかもしれないけれど、卸元からの指示であり、それを守らないと契約を切られるから、と答えさせれば無理は言えないだろう。いくら何でも、他国の貴族には文句は言えないだろうからね。

……しかし、やっぱり調子に乗ったか……。

これが、一部の海軍系貴族だけならいいけれど、王宮も含んだ、国全体があんまり調子に乗っちゃうと、何かありそうでちょっと心配だなぁ。

いや、少しは調子に乗ってくれてもいいんだ。海軍の弱体化や、次の探検船団を出すだけの余剰能力が失われるのであれば……。

でも、あんまり調子に乗りすぎて、国の屋台骨が揺らいだり、外交に安易に武力を行使しようとしたりされると、ちょっとアレかなぁ、という気が……。


そして私は、レフィリアに指示して、探検船団やヴァネル艦の木製模型の販売を開始した。

そう、みすみす商機を見逃すようでは、一人前の商人とは言えない。この海軍ブームを逃してなるものか！

そう考えて、うちの領地の産業として、作らせたのだ。

……マストの見張り台には、船魂《ふなだま》さんの超小型フィギュア付き。

設計図は、私がたくさん撮っておいたデジカメ写真を元にして、日本で各パーツの設計図を引いてもらった。それをうちの町や村で作らせたのだ。力仕事はできないけれど手先が器用な者、つまり女性や老人、子供、怪我人、病人達の内職として。

自分達にもできる仕事があり、家計を助けられるとなると、そりゃやり甲斐《がい》があるのだろう。凄い生産速度で頑張ってくれたよ。

船魂のフィギュアだけは、日本で業者に発注した。……うん、大事な部分だからね、そこは。

レジン製だけど、材質を気にする者なんかいないだろう。

今度は、３Ｄプリンターで作ってもらって、もっと安くあげようかな。

……続いて、ウォーターラインシリーズや、戦いのワンシーンをジオラマ風にしたセットとかも売り出して、馬鹿売れ。

場所を取るジオラマであっても、貴族の屋敷に飾るのには何の問題もない。

そして沈没艦からの接収品を含め、今回の戦いで儲《もう》かったのは、私とレフィリア貿易だけだ。

うん、戦争は儲かるねぇ。

……戦った当事者以外が。

＊　＊

……そして数ヵ月後、『女神が御助力くださる！』と調子に乗って、ヴァネル王国海軍が自分達の１・５倍の隻数のノーラル艦隊に挑んで大敗、多くの拿捕船を出し、前回の勝ち分を全てチャラにしてしまったらしい。

私はそんな海戦が行われることなんか全然知らなかったため、全くのノータッチだったのだ。

そう、誰も私にそんな戦いがあることを教えてくれなかったのだから、それは仕方のないことなのであった……。

いや、もし知っていても、多分手出しはしなかっただろうけどね。

大砲と弾薬、帆船用の資材、器材の数々は、前回の海戦で充分手に入れたから。

それに、あんまり片方に肩入れするのは国家間バランス的に良くないし。

そもそも、向こうから吹っ掛けてきた前回と違って、今回はヴァネル王国側から吹っ掛けたらしいから、自業自得だ。そんなのには手を貸さないよね、女神様は。

二度目の戦いでの大敗の結果、結局、両国の軍事バランスは以前の状況に戻ったらしい。

植民地の帰趨《きすう》も、元サヤ。両国共に、艦《フネ》と人員を大量に消耗しただけで、何も得るところがなかった模様。

……うん、戦争って、そういうものだよねぇ……。

＊　　＊

「……で、敵の砲弾が数センチ横を通って後方へと飛び去り、それを気にも留めずに次弾装塡を続けて、発射！　敵艦の砲列甲板《ガンデッキ》に見事命中して……」

「すご～い！」

眼を見開き、両手の拳を軽く握って口元に当てた私の賞賛の言葉に、鼻の穴を膨らませて説明を続ける軍人くん。

はいはい。

男の子の自慢話は、素直に聞いてあげるのが、いい女ってもんよ。

そう、軍人くんは、無事だった。

勿論、同じ艦《フネ》の乗員の中には、怪我人も出たし戦死者も出たらしい。

軍人くんは、たまたま無傷で助かった。それだけのことだ。

同じ艦の仲間を大勢失って、落ち込んではいるのだろうけど、『それはそれ、これはこれ！』なのだろう。女友達《ガールフレンド》に自慢話、手柄話をする時の高揚感の前には、そんな感情は吹き飛んでしまっているらしい。

うん、そういうものだよねぇ。

……というか、そうでないと、軍人なんか、やってられないよねぇ。

こうして笑いながら喋り続けているのも、死にかけた恐怖、仲間を失った悲しさを誤魔化し、抑え込むための空元気《からげんき》なのかもしれない。

今日は、半日付き合ってあげるか。軍人くんの自慢話に……。

＊　　＊

「以上が、王女殿下によります海戦への介入状況です」

「「「「「…………」」」」」

巨大な3面スクリーンを備えた某国の作戦室《オペレーションルーム》で、大勢の将官、佐官達を前にして説明している、情報畑の上級士官。

「では、生命力の消耗を考慮しなかった場合、王女殿下は世界間だけではなく、同じ世界内における空間転移も可能であると？　帆船レベルの巨大な質量を伴って……」

「はい、王女殿下の領地と戦争状態になっております、この世界の某国に対して行われました『転移攻撃』により巨大な質量を伴った異世界転移が可能であることは判明しておりましたが、これで、同じ世界の中でも転移が可能であることが確認されました」

「「「「「空間転移能力……」」」」」

軍事関係者にとって、いや、人類にとって夢と憧れの、時空を自由に操れる魔法、もしくは超能力。

しかし、それを我が物とできるだけの能力は、今の人類にはない。

たとえそれが、魔法であろうが、超能力であろうが、……そして神による奇跡の力であろうが。

＊　　＊

「で、噂《うわさ》における英雄は……」

「はっ、探検船団の真の指揮官、アモロス海佐。そしてその指揮下にある3隻の艦長と士官、船員達です。市井《しせい》に流れる噂では、そのようになっております」

ヴァネル王国の王宮にて、国王と宰相、大臣や軍の将官達が会議を行っていた。

そして大臣のひとりからの報告に、大きく頷いた国王。

「うむ。形だけの指揮権を与えた、あの商人如きに名声を持っていかれるわけには行かぬからな。あくまでも、女神にお願いして我が国の艦隊を助けにきてくれたのは、殉職した我が国の海軍軍人達である。

いや、それは嘘《うそ》ではなく、事実、その通りであろうからな。あの商人風情が国のためにそんなことを願うとはとても思えぬし、戦いのことも全くの素人であるから、艦を指揮することもできぬであろう。

あれは本当に、アモロス海佐以下の軍人達が女神に願い出たことに間違いはないであろう。

では、引き続き、市井に流れる噂はそのように誘導せよ。軍部でも、兵士達にそのように教え、街で喋るであろう話の内容を軍部に都合の良いものとするように指導せよ。

これは嘘ではなく、事実その通りのことなのであるから、何恥じることもない。女神のお耳に入っても問題のない、堂々と胸を張って言える話である！」

「「「「「ははっ！」」」」」

軍関係の列席者達は皆、了承の返事をした。

彼らにとっても、その指示は全く問題のない、いや、都合の良いものであった。

「あまり良い噂を聞かぬ商人に、名声を与えるわけには行かぬからな。

それに、奴の家族や、息子が跡を継いでいるという商会が調子に乗ったり、褒美や利権、上級貴族や王族との縁《えにし》とかを求めてきては堪《たま》らぬ。

あの商人は、国から借り受けた3隻の軍艦とその乗員達を無謀な計画に巻き込んで全滅させた、国に大損害を与えし者。罪人とまでは言わぬが、国や軍部にとっては苦々しき者である。

そして船団の全滅と本人の死をもって、艦と兵達の貸与契約は終了した。

殉職した時点において、兵達は原隊に復帰したこととなり、国に命を捧《ささ》げた英霊となる。

そう、決して、死した後もあの商人の指揮下にあるというわけではないのだ。

なので、死後の活躍は本来の軍人としてのものであり、軍神としての行いである。あの商人とは、何の関係もない。

勿論、軍人ではないあの商人には、敵艦の拿捕賞金も、弔慰金も、遺族への恩給も、何も出ん。

……我が国の軍人ではなく、ただ同乗していただけの民間人なのであるから、当然であろう？」

「「「「「勿論でございます!!」」」」」

そう、ここに列席している者達にとって、それが最も都合が良い解釈なのであった。なので、異論・反論など、出ようはずもない。

これによって、『探検航海を企画した商人が賞賛され、その家族と残された商会が大きな利益を得る』という事態は回避された。

もしそんなことになれば、探検航海を企む商人が次々と現れる可能性があったが、ミツハの知らないところで、その危険の芽は事前に摘まれたのであった。

＊　＊

数日後、艦隊が帰還した。多くの拿捕艦を引き連れて。

既に第一報をもたらしたスループ艦と、それに続いた6隻の先行艦の乗員達によって、思い切り尾ひれが付きまくった噂話が街中に広がっている。主に、酒場あたりを発信源として。

うん、昔から言われているよね、『勇者や英雄を探すなら、酒場へ行け。何人でも、すぐに見つかる。そして歯医者の治療台には、勇者も英雄も、ひとりもいない』って。

まぁ、とにかく、奇跡や英雄譚を喋りまくる海軍兵士の数が5倍になったわけだ。

そして、二番煎じの話とあっては、最初の話よりもっと派手で、もっと面白いものでないと、他の客から酒を奢《おご》ってもらえない。

……うん、ま、そういうことだ。

斯《か》くして、あの海戦《たたかい》は、とんでもないスーパー大戦となっていった。殆ど、善と悪との最終戦争《ハルマゲドン》か神々の黄昏《ラグナロク》である。

……私のせいじゃない。

＊　＊

「では、お兄様は御無事で？」

「はい！　軽い怪我は負いましたものの、すぐ治る程度のものだそうです。そして、接舷しての斬り込み隊を率いての白兵戦で手柄を挙げて、昇進の内示が出たそうですのよ！」

「おおお！　おめでとうございます！」

「ありがとうございます！」

うんうん、遠い親戚の人とかには犠牲者も出たらしいけれど、身近な人を亡くした者はいないらしい。なので、『ソサエティー』のみんなの表情は明るい。

いや、それは『ソサエティー』のみんなに限らず、この国全てにおいてそういう感じだけどね。

大切な人を失った者達を除いて……。

戦争だ、それは仕方ない。

国民を死なせたくないからといって、相手国の言うことを全て受け入れていたら、国を占領されてしまうだろう。そして国民は奴隷扱い。結果的には、更に悲惨なことになる。

あの海戦にしても、片方が一方的な勝利を収めることなく『いい勝負』が続いていれば、おそらく両艦隊がボロボロになるまで砲撃戦が続き、双方共にもっと多くの被害が出ただろう。

さっさと勝敗が明らかになった方が、死傷者数は少ないはずだ。

「うふふ、私達の祈りが届いたようですわね」

え？

「ええ、ノーラル王国の艦隊が滅亡するよう女神様に祈り続けた効果があったようですわ」

何ソレ、怖い。

「神罰、呪殺、何でもござれ！　私達の女神への祈りの前には、敵はありませんことよ！」

「「「「「お〜〜っ!!」」」」」

ぎゃあああぁ〜〜！

うちの、うちの『ソサエティー』が、何か怪しい秘密結社みたいになってるううぅ〜〜!!

＊　　＊

「わん！　わわわんわん！」

「ミツハ姉様、何やってるの？」

「うわっ！　……何だ、サビーネちゃんか……」

雑貨屋ミツハの軒先《のきさき》で、餌で釣った子犬（多分、放し飼いされてるどこかの飼い犬）相手の実験中に、いきなり後ろから声を掛けられたから、びっくりしたよ……。

「いえ、何だも何も、何、道端《みちばた》で犬と会話してるのよ……。何か悪いものでも食べたの？」

失敬な……。

「ただの実験よ、犬の言葉をマスターできるかどうかの……」

「えええええ？」

あ、しまった！　サビーネちゃんには言語マスターの能力については教えていないのだった！

私の姫巫女《ひめみこ》としての特殊能力は、空間転移《ワタリ》だけ、ってことになってるのに！

私の母国も日本も『この世界の、遠い大陸にある』というだけで、異世界とかいう話はしていないし、私にはそれ以外の能力はない、ということになっているのだ。

「い、いや、何でもない！　ちょっと、犬と戯《たわむ》れていただけ！」

ああっ、疑ってる！　サビーネちゃんの、このじっとりとした眼は、疑ってる時の眼だ！

ま、ままま、マズい‼

「……そういえば、姉様はこの国に来た時から、ここの言葉が母国語並みにペラペラだった……」

あわ！

「その存在すら知らなかったはずの、新大陸の言葉も、同じく母国語並みに喋れて、読み書きもできて、自分で辞書が作れるくらいに……」

あわわ！

「それに、あの王都絶対防衛戦の時に、『かくせいき』でオークやオーガに脅しを掛けていたような……」

あわわわわわわ‼

「姉様……」

「ひゃ、ひゃい！」

「姉様、まさか動物の言葉が……」

「わ、分からない分からない！　女神様に誓って!!

王都絶対防衛戦の時は、古竜の方が人間《こっち》の言葉を喋ってくれたし、拡声器で叫んだのは、オークやオーガが吼《ほ》えるのを真似て、適当に威嚇の叫びを上げただけだよ！

もし犬や猫の言葉が喋れたら、今頃ここは『もふもふ天国』になってるよ！」

「あ、それもそうか……。姉様、動物が好きだもんねぇ。もし動物と喋れたら、現状に甘んじているわけがないよね。

それに、その犬にも、ずっと無視されてたし……」

「いつから見てたんじゃい!!」

……くそ。

でも、事実、動物とは会話できない。

勿論、今まで何度も試してみた。しかしどうしても諦め切れず、今でも時々動物に話し掛けているのだ。もしかすると、『レベルアップ』とか、『スキル取得』とかができるんじゃないかという、微《かす》かな可能性に賭けて。

……そして、未《いま》だ成果はない。

王都絶対防衛戦の時、古竜からオークとオーガの言葉をマスターできた。なのに、どうしてそれ以外は駄目なのか。

オークとオーガは人型だし、動物や魔物としてはかなり知能が高いから、一応は『言語』と言えなくもない音声による意思伝達手段があったからかなぁ。犬や猫には、人間と意思を交わせるだけの音声による意思伝達手段がない？

それとも、脳の構造が大きく異なるから、脳内情報のスキャンができない？

う～ん、ま、仕方ないか……。

でも、いつかスキルレベルが上がったり、新たなスキルを取得できたりするかもしれない！

……ゲーム世界じゃありませんか、そうですか……。

でも、私は諦めない！

いつか必ず、『もふもふ天国』を、我が手に!!

＊　＊

隣領の若き女領主にして俺達を簡単に捕らえた『女神の御寵愛を受けし姫巫女』、ミツハ・フォン・ヤマノ子爵閣下。何でも、その想像を絶する言動から、『見た目は子供、頭脳も子供』と言われているらしいが……。

……って、そのままやんけ！

でも、まぁ、俺達には結構良くしてくれている。

普通、突然自分達の国を侵略しに来て返り討ちに遭い、捕らえられた艦《フネ》の下っ端水兵なんか、奴隷扱いがいいとこで、下手《へた》すりゃ見せしめで公開処刑だ。

なのに、帰化を認められて、この国の海軍創設のための教官として高給で雇ってくれて、眼をキラキラと輝かせた若者達が『先生』、『教官』と呼んで慕《した》ってくれて、……そして、ななな何と、素敵な女性からお付き合いを申し込まれた!!

必死でこの国の言葉を覚えて、良かった……。

仲間の中には、まだろくにここの言葉を喋れない者もいるが、俺は頑張って覚えた。

自由時間にも、近所の子供達にお菓子を買ってやり、それを駄賃代わりにして話し相手をしてもらったんだよ。

他の奴らが仲間同士で酒をかっ喰《く》らっている間にも、こつこつと勉強を続けた、その努力が報われたんだ……。

子爵閣下には、『どうしてアンタが練習相手にするのは女の子ばかりなのよ!』って因縁《いんねん》を付けられたけど、何かおかしいか? 誰だって、お菓子《ほうしゅう》を渡して会話の練習相手になってもらうなら、男の子よりは可愛い女の子の方がいいよな? そりゃまぁ、男の子の方がいいって言うヤツもいるかもしれないけれど、俺は女の子の方がいい。別におかしくはないよな?

とにかく、故国《くに》じゃあ、下っ端水兵として安い給金で扱《こ》き使《つか》われ、女とは縁のなかったこの俺が、何と、ここじゃあ結構な高給取りで、技術職で、普通の国民として扱ってもらえるらしいのだ!

そして、田舎町であるこの辺りでは、結婚相手としてはかなりの有望株なんだとか……。

マジか!!

操船を教えるったって、俺達が直接祖国の艦隊と戦うわけじゃねぇらしいし、こんだけ遠く離れていちゃあ、互いに大艦隊を出し合っての大海戦、とかにはなるはずもねぇよな。

そもそも、相手国に辿《たど》り着《つ》けるかどうかも分かんねぇのによ……。

それに、もし母国ヴァネル王国との戦いになったとしても、俺はこの国のために戦う覚悟がある。

俺のために何もしてくれず、奴隷と大して変わらないような生活を強制しやがったヴァネル王国になんか、何の恩もねぇ。

俺は、俺を人間として扱ってくれるこの国と、愛する女性《ひと》のためなら、悪魔とだって戦える……。


そしてある日、子爵閣下から伝えられた、驚くべき情報。

あのノーラル王国がヴァネル王国に手出しして、艦隊戦が行われる確率が非常に高い、とのこと。

しかし、ヴァネル王国は遠い。ここからは、何ヵ月も航海しないと辿り着けない、遙か彼方だ。

そして、練度が低く、探検航海などという博打《ばくち》に貸し出されるような乗員と、廃艦間近だった3隻の老朽艦で、何が出来るわけでもない。

まぁ、何かを考えたところで、この距離の前には、どうしようもねぇがな……。

「そこで、我が国から義勇艦隊を出して、ヴァネル王国を支援しようかと思うのですが……」

マジかあああぁっっ！

でも、片道数ヵ月の距離は、どうすんだよ？

「女神様のお力で、一瞬のうちに移動します」

マジかあああぁっっ！

怖《こえ》えな、女神様のお力!!

でも、ヴァネル王国とこの国は戦争中なんじゃなかったか？

「その日一日だけは、この3隻は元の所属、ヴァネル王国探検船団に戻り、ヴァネル王国の艦《フネ》として参加します。

二度とは戻れない祖国だけど、女神様のお力で、最後に一発、盛大に花火を打ち上げるつもりはない？　うまくすれば、国の御家族達に何かいいことがあるかもしれないし……。

勿論、皆さんには、うちから従軍手当が出るよ」

マジかあああぁっっ！

もう、乗るしかない、この大波《ビッグ・ウェーブ》に！

＊　　＊

そして、指導役として数ヵ月振りに乗った、探検船団旗艦、カリアード。

俺の眼前で走り回り、必死に帆の操作を行う、可愛い教え子達。

俺は、何のためにここに立っている？

母国、ヴァネル王国のため？

国に残してきた両親と弟、妹達のため？

……いや、違う！

俺は、ここ、ゼグレイウス王国の国民として、俺の教え子達と共に敵に立ち向かう！

この任務は、志願制だった。断ろうと思えば、何のペナルティもなく辞退できた。

でも俺は、今、ここに立っている。

この戦いは、俺が望んだもの。

以前のような、強制されて嫌々参加した戦いじゃない。

ここは、誰のものでもない。

俺の。

俺の戦場だあああぁっっ!!

＊　　＊

「……ミツハ、最近、こそこそと何をやっている？」

ある日、ボーゼス伯爵様から突然そんなことを言われた。

「え？　いえ、何も……」

ヤバい。新大陸関連で不在がちなのを怪しまれている？

しかし、新大陸のことは、私が勝手にやっていることだ。最初の資金である金塊だって、王様から借りただけであって、私の自腹だし。

……もう、使った分は回収してかなりの黒字になっているけど、あれは私が裕福だという証《あかし》、言わばハッタリ用のお金だから、まだ回収《ひきあげ》するわけにはいかないんだよね。

「…………」

いかん、思い切り怪しまれてる……。

私が新大陸で色々とやっているのを知っているのは、この大陸では、コレットちゃんとサビーネちゃんだけだ。

小型帆船の回航と船魂《ふなだま》要員として、漁村の人達とうちのメイドを転移させたけれど、あれはただの短時間単純作業であって、場所も、それが何を意味する仕事だったのかも教えていないから、問題ない。

しかし、伯爵様には私の転移が本当は大した負担じゃないということは教えてあるから、暫《しばら》く姿を見せない時には王都か領地のどちらか片方に長期間滞在している、と考えてくれそうなものなのに、どうして私が何かをやっていると思ったのだろうか……。

これは、ちゃんと確認しておいた方が良さそうだな。放置していると、後で傷口が大きくなるタイプの案件かもしれないから。

「あの……、伯爵様、どうして私が何かやっている、と？」

伯爵様の顔色を窺《うかが》いながら、恐る恐るそう尋ねてみると……。

「ミツハ、私達に内緒で、どこかのパーティーに何度も出席したり、他の貴族家を訪問したりしているだろう？」

ぎくり！

「ど、どうしてそれを……、あ！」

「語るに落ちたな……。さぁ、白状しなさい！」

「うううううっ！　……しかし、どうして分かったのですか……」

そう、それだけは確認しておかねば！　今後のために……。

間諜《かんちょう》か？　内通者か？

「ミツハがドカ喰いするのは、パーティーに出るか貴族家に招かれて、豪華な食事が無料《ただ》で食べられる時だけだろう？　そしてそのおおよその頻度は、推測できる。

それから考えて、明らかに私が把握しているよりもかなり多くのパーティーや晩餐会《ばんさんかい》に出席しているな？　いったい、どのような派閥と接触しているのだ？」

あ～、そりゃ、気になるか。伯爵様にとっちゃあ、大問題だもんねぇ。

それも、侯爵への陞爵《しょうしゃく》間近と噂され、アイブリンガー侯爵とは盟友、王家からの覚えもめでたく、雷《いかずち》の姫巫女とも昵懇《じっこん》で、創設された海軍の要《かなめ》。

これからこの国で最大最強の派閥になりそうなのに、そこで私が他の派閥に浮気しているかも、となれば、焦るよねぇ。『このワイシャツのエリの口紅の跡は何よ、キィ～!!』とか……。

って、どうして私が余所のパーティーや晩餐会に出ていることが分かったの？

それが分からないと、何の参考にも……、って、え……。

伯爵様の視線。

それが、私の慎《つつ》ましやかな、控え目な胸……ではなく、もう少し下、お腹のあたりに……。

「ぎ」

「ぎ?」

「ぎゃあああああああ～～‼」

第八十二章　戦後のあれこれ

「ミツハ、最近パーティーに出ていないようだが……」

「誰のせいですかっ！」

「うっ……」

そう、新大陸の方に時間を取られて、この国の社交界からはしばらく遠ざかっていたのだ。

しかし、完全に、というわけではなく、たまには出ていた。知り合いの誕生パーティーだとか、お世話になった人が主催するやつとか……。

それが、ここしばらくは全く出なくなったのは、先日のボーゼス伯爵様からの無神経かつ乙女の尊厳を踏みにじる発言のせいだ。

私のあまりの怒りに驚いて、イリス様やベアトリスちゃんに相談して、ふたりからフルボッコにされたらしい。いい気味だ！

「いや、悪かった！　謝るから、そこを何とか……」

知らないよ！

いや、まぁ、アレで『私がこそこそと何かやってる』という追及がうやむやになったから、いいんだけどね。

……いいんだけどねっ!!

まぁ、伯爵様の立場と気持ちは、分からないでもない。

未成年（だと思われている）である私の後見人的な立場である伯爵様は、私が他家のパーティーに出ないと、『ボーゼス伯爵が出席させなかった』、『自分の派閥に囲い込もうとしている』、その他様々な批判が飛び交うことになるのだ。

基本的に、この国の人達は私から利益を引っ張ろうとはしても、敵対したり嵌《は》めたり搾取したりしようとする人はあまりいないから、新大陸のヴァネル王国の社交界ほど酷くはないんだけどね。

まぁ、向こうではただの『遠方の小国の、側妃が産んだ娘』あたりだと思われていて、搾取するための獲物だとしか思われていないだろうからねぇ。

それに対してこの国では、大国の王姉殿下にして謎の秘術を使う雷《いかずち》の姫巫女《ひめみこ》様、かつ救国の大英雄だ。待遇が違うのも当たり前か……。

普通なら、他国から暗殺のための刺客が放たれたり、姫巫女様を我が国に、とかいって誘拐とか婚約の話とかが来てもおかしくないのだろうけど、さすがに新大陸からの侵略に対抗するための地歩固めの大切な時に、そんなことをする国はないか……。

それに、もしおかしな真似《まね》をしようとしてそれが露見すれば、『姫巫女様の神兵』が突然現れたり、周辺諸国からフルボッコにされるかもしれないんだ。あまりにもリスクが大き過ぎるだろう。

新大陸の言葉が完璧に喋《しゃべ》れるのも、船や大砲、銃とかの武器に精通しているのも、私だけだし

ね。

いや、元乗員は、そりゃ操作や簡単な手入れ、修理とかは出来るけれど、そういうのを製造する専門家じゃないからね。

勿論《もちろん》私も専門家じゃないけれど、私には強い味方がいる。

そう、グーグル先生、ブログの協力者の皆さん、そして広大なネットの海と、図書館だ。

そのおかげで私は、どんな疑問や質問でも、翌日にはある程度の回答が返せるのだ。だから私は、凄く博学だと思われて……、いない。

そりゃまぁ、質問された時の様子とか、翌日回答した時にちょっとした追加質問をされると、その回答はまた翌日になるわけだから、『あ、コイツ、自分は何も知らないから、毎回誰かに聞きに行ってるな』というのは丸分かりだからね。

まぁ、毎回、いちいち誰かに聞いてくるにしても、私は造船や武器開発の役に立つ、ってことだ。

今、周辺国《このあたり》で一番トレンディな造船と武器開発の要。

大国の王姉殿下。

雷の姫巫女。

救国の大英雄。

子爵家当主。

若くて独身の女性。

……うん、ハエ取り紙かゴキブリホイホイ並みだ。

私に近付きたいと考える者は多いだろうなぁ……。

「婚約の申し込みがたくさん来ておったぞ」

「来とるんか〜〜い！」

まぁ、私が12〜13歳くらいだと思われているにしても、貴族の子供は幼少の頃から婚約相手が決まっているとかは普通のことだから、来て当然だ。

この国の王女トリオが揃《そろ》ってフリーなのが、そもそもおかしいのである。

ま、あれは一の姫様が婚約者を亡くして、っていうのが理由らしいというのは、この前、サビーネちゃんと『ちい姉様』こと、二の姫様から聞いたけれどね。

ベアトリスちゃんに婚約者がいないのは、伯爵様とイリス様のせいだろうなぁ、多分……。

……っていうか、どうして、まるで私が考えていたことが分かるかのような、適切なタイミングでの突っ込みを？

「……まぁ、途中から全部、声に出ていたからな……」

また、それか〜い！

「で、そのお申し込みというのは……」

「全部、断っておいたぞ」

「いや、一応は本人に見せましょうよ！　もしかしたら、イケメン王子様や癒し系ショタとかからの申し込みもあったかもしれないじゃないですか！」

「……ショタ？」

「イエ、ナンデモアリマセン……」

私は日本では15歳前後、ここでは12～13歳くらいに見られるから、ここで私と同年齢くらいに見える男の子とデートすると、ショタになっちゃうんだよねぇ、これが……。

あ、王子様と言えば、サビーネちゃんの弟、第二王子のルーヘン君は、可愛くて癒やされるよね。

お兄さんの、キラキラした王太子殿下の方は、何か一緒にいると気疲れしそうだから嫌《ヤ》だけど……。

「……で、どうしてその申し込みが私にではなく伯爵様のところに届いて、しかも勝手に断ってるのですか！　私の幸せを勝手にキャンセルしないでくださいよっ!!」

私、激おこ。

「いや、婚約の申し込みを、本人に直接送る奴がいるものか。そういうのは両親宛て、両親がいない場合は後見人に宛てて送るのが当然だろう」

「え……」

あ、確かに、平民同士のプロポーズならばともかく、貴族の婚姻は本人同士よりも家同士の問題だし、そういうしきたりがあって当然か。

日本のお見合いにしても、世話焼きおばさんが話を持ってきてくれる時、最初は本人にではなく親に話を持ち掛けるよなぁ。伯爵様が言われる通り、確かに当然の話だ、そりゃ……。

でも……。

「伯爵様、私の後見人なんですか？」

「なっ！　……ミツハ、お前、今更そんなことを聞くか……」

ありゃ、がっくりと肩を落としちゃったよ、伯爵様……。

いや、確かにいつも色々とお世話になってるし、後見人っぽいことをしてもらっているから、そう言われれば確かにそうなんだけど……。

いや、今まで、改まって正式にそう言われたことはなかったよね？　だから、そんなに落ち込んだ顔をしないで！

悪かった！　今のは私が悪かったから!!

……くそ、下手《したて》に出たら、パーティーに出るという言質《げんち》を取られた。

これだから、遣り手《やりて》の貴族は……。ぶちぶち……。

ま、仕方ない。さすがにそろそろ社交界に顔を出さなきゃならないな、とは思っていたんだ。

伯爵様から指定されたパーティーを、復帰の第一戦とするか……。

＊　　　＊

「おお、ヤマノ子爵、お久し振りですな。御旅行か里帰りでも？」

「はい、ちょっと旅行を……」

うん、この国では、私が他国へ移籍するなんて考える人はいないから、私が他国へ旅行しても、心配されることはない。新大陸のヴァネル王国とは違うのだよ、ヴァネル王国とは!!

「子爵殿、来週のうちの息子の誕生パーティーに、是非御出席いただきたいのですが……」

「子爵、造船と武器の開発に関して、我が領の職人に協力できることがあれば、力になりますぞ!」

「ヤマノ子爵、ヤマノ領で作られたという衣服について、少しお話を伺えませんかな?」

「雷コーン用の爆裂トウモロコシの大量購入について、話を聞いてもらえんかな?」

「今度、サビーネ王女殿下と共に我が邸にお招きしたいのだが……」

……来た。キタキタキタキタ!

外れて元々、当たれば大儲《おおもう》け!

駄目元で、次々とやってくる、射幸心に塗《まみ》れた貴族連中。

社交界ではなく、『射幸界』かっ!

……中には、貴族じゃなく、大きな商家の商会主とかもいるけど……。

二番目の!

ボーゼス伯爵に直接頼め! それは私の所掌範囲じゃない。

三番目と四番目については、領地の産業の育成に関わる話だから、とりあえず場を設けよう。

うん、面倒な申し込みも多いけど、やっぱり、領主としては社交界には出なきゃなんないよなぁ……。

これも『お仕事』だ、仕方ないか。

お父さんがお酒を飲んで帰ってきても、それも仕事の一環だったりするからなぁ。

気心の知れた友人とならばともかく、職場の上司や取引先の人と一緒に飲んで、楽しいはずがないか。あれも、嫌々やっている仕事のひとつなんだよなぁ……。

接待のお酒で身体《からだ》を壊す人も多いらしい。

そして私は、さすがにお酒を勧められることはないけれど……。

「ヤマノ子爵、向こうに美味《おい》しそうな異国料理が置いてありましたぞ！」

「向こうには、珍しい果物を使ったというスイーツが！」

「ここの料理長が作ったという、絶妙な味のミックスジュースが……」

身体《プロポーション》を壊されるわっっ!!

＊　＊

収穫物である。

うん、ノーラル艦隊から徴発した、武器弾薬、船具や備品、食料その他、……そして金庫の中身。

いや、金庫は中身だけでなく、そのまま丸ごといただいたけどね。

武器弾薬とかは、本当はうちの国の船に搭載すべく、国に売りつけるべきなんだけど……。

それには、ちょっとばかり。うん、ほんのちょっとばかり、問題があるんだ。

そう、『それを、どこで入手したのか』という問題が……。

3隻を率《ひき》いて『渡り』により参戦したこと自体は、隠しようがない。

そしてそれ自体は、問題ない。そう予告して許可を貰《もら》っていたし、戦った両国については、適当な説明をしてあるし……。

まぁ、どうせそのうち元乗員達から漏れるであろうと思う、『彼らの母国と、その敵対国との戦い』であったことと、彼らの母国、つまり現在我が国と交戦状態にある国の味方をした、ということは、正直に言ってある。そんな基本的な部分で嘘《うそ》を吐《つ》いてもどうせバレるし、そもそも嘘を吐く意味も必要もない。

この国の上層部は、勿論あの国と戦争状態になったのは船と乗員を借り受けた商人の勝手な行動によるものであり、本国の者達は与《あずか》り知らぬことである、ということは理解している。

でも、だから本国には何の罪もなく、両国は戦争状態ではない、と言わないのは、ただ単に、いつかヴァネル王国との交渉になった時に『一方的に侵略され、先制攻撃と宣戦布告を受けた』という状況であった方が、交渉が圧倒的に有利になるからだ。

……但しそれは、ヴァネル王国側が我が国と対等に交渉する気になってくれた場合の話であり、武力で簡単に屈服させることができる弱小国、と判断された場合は、何の意味もない。じゃあ、そのまま戦争を続行しましょうね、で終わりだ。

だからそれは、超長距離航海を続けてやってきても、元気いっぱいのうちの艦隊にボコボコにされるだけ、と思い知らせ、植民地や属国にして搾取することなんかできず、大火傷《おおやけど》して大損するだけだ、ってことをしっかりと教えてあげた後の話だ。

まぁ、そういうわけで、義勇艦隊の振りをして実戦訓練をさせてもらう、という程度の簡単な説明で、私の『ヴァネル王国の国際的な立場が大きく変わるのを防ぐための、政治的介入』という部分は伏せて、なおかつ戦闘時における『転移戦法』についてもその詳細を知られないよう箝口令《かんこうれい》を敷いたわけだけど……。

そんなのをこの国の上層部が知ったなら、『大金を費やして、急いで船や武器を開発する必要はないのではないか』とか、『我が国の方から打って出て、相手を蹂躙《じゅうりん》すれば……』とか言い出す馬鹿が必ず現れるだろう。

陛下やボーゼス伯爵、アイブリンガー侯爵とかはそんな馬鹿なことを言い出すとは思えないけれど、世の中、頭の悪い貴族は多いからねぇ……。

別に、国を乗っ取ろうだとか私を利用しようとか考えているわけではなく、本当にこの国のためを思って、『そうするのが最善であり、国と国民のためである』と信じ込み、善意と熱意と貴族としての義務感から、そう主張する連中。

……そう、『無能な働き者』というか、『優れた敵よりも脅威となる、「愚かな味方」』というやつだ。

そういうのに、余計な情報を与えちゃいけない。絶対に！

船の乗員達の口止めは大丈夫か？

女神の存在を信じて……、いや、知っている船乗り達が、女神の御寵愛《ごちょうあい》を受け、その奇跡の力を託されたという私から『女神の名において、口外することを禁ずる』と言われたことを、ぺらぺらと喋るわけがない。

信心深いことでは定評のある船乗りと、同じく『運』というものに命が懸かっているため、それ以上に信心深い兵士。その両方を兼ねた軍艦乗りが、女神に逆らうことなど、あり得ない。

多分、拷問されても口を割らないだろう。

それに、もし喋らないことを理由に危害を加えられそうになったりクビになったりしたら、すぐ私に連絡するように言ってある。そうなったら、うちの領地で面倒を見てあげるからね、と。

まぁ、そうなる前に、私から女神の名の許に口止めされている、と答えるように言ってあるから、ボーゼス伯爵様ならそれ以上は追及しないだろうからね。

＊　　＊

「というわけで、ここで預かって！」

「また、妙なもん、持ち込みやがって……」

うん、武器弾薬を保管するなら、ここ、ウルフファングの本拠地《ホームベース》だよねぇ。

「いや、うちの領地に置いてたら、火薬が湿気《しけ》ったり、事故で爆発したりすると怖いから……。

ここで、空調完備の倉庫で保管してよ。勿論、保管料は払うからさ！」

「……しょうがねぇなぁ……。

どうせ、また色々と持ってくるんだろ。一応倉庫の空いてるとこに置いてやるが、すぐにお前用の新しい倉庫を建ててやる。広さや設備について要望があれば、パソコンに入力しておけ。

倉庫の建設費はうちが払うが、使用料はちゃんと払えよ！」

「うん、助かる！　じゃあ、それでお願いね！」

自腹で倉庫を建ててくれるとは、何たる太っ腹！

まぁ、ドラゴン関係やら仕入れ用の商会やらで色々と儲けてるらしいから、それくらいはどうってことないのかな。

それに、使用料はちゃんと受け取ってくれるなら、貸しアパートと一緒だ。別に損をするわけじゃないか。……私が使用料をちゃんと払い続けている限りは。

ま、私も早死にするつもりはないから、ウルフファングの出資金がきちんと回収できるまでは借り続けられるよう頑張ろう。

よし、とりあえずは、これでひと安心だ。

現在、あの3隻に搭載されている発射薬《かやく》と砲弾はかなり減っているけれど、いきなりどこかの軍艦と出会い頭《がしら》に砲撃戦が始まるわけじゃなし、当分はそのままで構わないだろう。

これにて、一件落着！

……こっちの国では、ね。

＊　＊

「ヤマノ子爵、このパーティーには必ず出てくれ」

ほら来た……。

新大陸、ヴァネル王国の社交界にも、少しは顔を出さなきゃならないかな～、とは思っていたんだ。色々と大きな出来事があったから、状況の確認と顔繋《つな》ぎのために。

そうしたら、『ソサエティー』のお茶会の打ち合せのためにみっちゃんのところへ遊びに行った時に、ミッチェル侯爵に捕まった。

「侯爵様には、もう私が出席するパーティーの選別はお願いしていませんよね？」

そう、例の件以降、私は自分が出るパーティーは自分で決めており、そのため出席するパーティーの数は激減している。

でも、ミッチェル侯爵も、それはもう受け入れて《あきらめ》くれたはず。なのに、何を今更……。

「いや、それはもう仕方ないものとして受け入れ、諦めておる。

これは、そういった思惑とかは関係のない、この国の先の海戦に対する祝勝パーティーへの、異国の貴族であるヤマノ子爵に対する正式な招待だ。

派閥とかは関係なく、国の主立《おもだ》った貴族や大商人、軍の上層部も大勢出席する。

そこで、王都に在住している他国の貴族も招こうという話になってな……」

「パス！」

「え……」

私が母国のために事前調査に来ていると思っている侯爵は、情報収集の絶好の機会である祝勝パーティーへの出席を私が断るはずがない、と思っていたらしく、絶句している。

でも……。

「それって、あの『ウォンレード伯爵とエフレッド子爵』も出るんでしょ？」

「う……、それは……、あ、いや、あの両名は出席せぬぞ！」

え？　そういうパーティーに、国王と王太子が出ないなんてことは、あり得ない。どうして……。

あ、そうか！

「ウォンレード伯爵とエフレッド子爵は出席しないけれど、国王陛下と王太子殿下は出席する、ってこと？」

「うむ」

やっぱり……。

「なら、パス！　国王陛下と王太子殿下としてのふたりも、私に高圧的な態度を取ったり騙《だま》そうとしたりしたから、半径100メートル以内には近寄りたくないもの。身の危険を感じるから！」

うん、こう言えば、侯爵にはどうしようもないよね。

まぁ、あのふたりが出るパーティーには、私が大勢の貴族の前では断れないだろうとか考えて、とんでもない要求をされる可能性とかがあるからね。そんなの、怖くてとても出席できないよ。

そのことは、侯爵にもちゃんと言ってある。

以前、私の方からパーティー会場で大勢の前で無礼な態度を取った？

いや、あれは国王陛下や王太子殿下に対してではなく、私に対して無礼な態度を取った『ウォンレード伯爵とエフレッド子爵』に対してだから、問題ない。

そして向こうからの無礼も、『ただの伯爵と子爵によるもの』として、うやむやにされた。

でも、今はあのふたりは私にとって、『異国の貴族の娘を王宮に呼び付けて、高圧的な態度で無理難題を吹っ掛けた上、騙そうとした国王陛下と王太子殿下』なんだから、私が怖がって側に近付きたがらなくても、仕方ないよね？

家族も家臣もいない、ひとりぼっちの未成年（に見える）の少女としては、怖い男性から身を守ろうとするのは当然のことだ。

自国の貴族であればともかく、さすがに他国の貴族に出席を強要することはできないだろう。

うん、欠席は、決定だ。

私がその祝勝パーティーに出たがらない理由である、もう一つの懸案事項として、『私のことを知っている海軍軍人が大勢来るのではないか』ということがある。

いや、海軍軍人というだけなら、既に今までのパーティーで大勢に会っている。今言っているのは、あの軍港の街で、『王都で商売をしている、異国の王族か大貴族の娘』としての私ではなく、『この国の国民である、移民系の金持ちか、貴族の娘』として会っている連中のことだ。あの、バーでお話をした皆さんとか、軍人くんと一緒に呼び出された司令官とかの……。

まぁ、別に、バレちゃ困るというわけじゃない。

私が自分でそういう身分を名乗ったわけではなく、彼らが勝手に色々と憶測して勘違いしているかもしれない、というだけだからね。

私は別に嘘は吐いていないし、もしバレたところで、『貴族の娘がお忍びで』という基本想定には変わりない。

ま、バレないに越したことはないけどね。

また、私がレフィリアに指示して断らせた、販売禁止指定の貴族達からの注文やら、個数制限を無視した注文やらに対して、文句を言われる可能性もある。『女神の使徒たる我々の命令が聞けぬと申すか！』とか言われちゃったりして……。

知らんがな～……。

この国にとっては英雄であっても、他の国の者にとっちゃあ、ただの軍人だ。貴族としての地位も、あくまでも『その国の貴族』というだけのことであり、他国の者である私の知ったこっちゃない。

いや、私も『他国の貴族』としての肩書は利用しているけれど、それはあくまでも、この国の貴族達と対等の立場で会話や交渉をするために使っているだけだ。それぞれの国の貴族として。

……決して、貴族の肩書を他国の者への高圧的な態度や理不尽な命令、ゴリ押し等に利用したりはしていない。

「面倒事に巻き込まれそうな気がするから、パス！

それとも、何？　もし私が絡まれたら、相手が王族、公爵、侯爵、他の派閥の長、大臣、大商人とかであっても、全部侯爵様が介入して追い払い、しつこい相手は殴り倒してくれるの？

そして勿論、そんな連中に少しでも絡まれたら、私、この国を出ていって、他国に拠点を移すよ？　ノーラル王国とか、その他の国に……」

「………………」

侯爵、言葉もない模様。

よし、これで諦めてくれるだろう。

ホント、私にはそのパーティーに出るメリットが全くないからねぇ。

タダメシが食べられるというメリットは、私の『ウエストサイズ・ストーリー』に対するデメリットとで、帳消しだだだだ!!

あ。

そうだ、気になっていた、あの件を確認しておこう。

「あの、街で噂《うわさ》を聞いたのですけど、『女神の使徒、探検船団の兵士達』の御家族には、何か褒賞とかはあったのでしょうか？」

「……自分が情報を得たい時だけ、急に丁寧な喋り方になりおって……」

うん、さっきまでは、殆《ほとん》どタメ口に近い、ぞんざいな喋り方だったからね。

でも、面倒な話を持ってきて強要する相手をあしらう時と、こっちからお願いする時とでは言葉遣いが違うのなんて、当たり前でしょ？　頼み事をする時にもぞんざいな口調だったりすれば、話を聞いてもらえなくなるよね。国王陛下とかの、相手に有無を言わせぬ権力者でもない限り……。

「なぜそのようなことを知りたがる？」

まぁ、当然の疑問か。少しでも私に関する情報を集め、以後の交渉に役立てようと考えるならば、そう聞かない者は馬鹿だろう。

「いえ、私のお友達の中に、知り合いがあの船に乗っていた方がいまして……」

嘘じゃない。私自身が『あの船の乗員と知り合い』だし、あの連中に言葉を教わったというコレットちゃんとサビーネちゃんも、『知り合いが、あの船に乗っていた』と言えるし……。

「そうか……。数日後には正式に会議で可決され発表されるだろうが、乗員には拿捕艦《だほかん》の報奨金を分配される権利と、特別褒賞金、そしてそれぞれの階級に応じた勲章が授与されることとなっておる。……勿論、それらは遺族に対して手渡されることとなる。

お金は一時的なものに過ぎんが、『英霊となり国を護った者の家族』という栄誉があれば、遺族が職に困ることはあるまい。普通に働くつもりさえあれば、どこでも喜んで雇ってくれるだろう」

「よかった……」

うん、これを聞けば、探検船団のみんなも喜んでくれるだろう。

＊　　＊

「う……、うう……」

みんな、泣いてる……。

うん、仕入れてきた、探検船団乗員の遺族……、いや、家族に渡されるお金や勲章に関する情報を伝えたからね。そりゃ、泣くか……。

家族が生活に困らず、弟妹が英雄を兄に持つ者として良縁に恵まれる確率が高くなったとなれば、二度と戻れぬ身ではあっても、それは嬉《うれ》しいだろう。それも、それが自分達が頑張った成果とあっては……。

勿論、あの時船に乗っていなかった者の家族も同様の扱いだからね。ヴァネル王国の者は、船に乗っていたのは全員が元々の探検船団の者……の魂……だと思っているから。

当然ながら、それは最初に上陸した3艘《そう》の短艇《カッター》に乗っていた連中……今は王都の地下牢《ちかろう》にいる……の家族も同じだ。

あの連中も、たまたま短艇の乗員だっただけで、別に他の乗員と異なるわけじゃないし、悪人だというわけでもない。

なのに、あの総督を詐称する商人と一緒の扱いで王都へ連れていかれ、侵略者の代表みたいに牢に入れられているのは、気の毒だ。他の乗員達は、高給を貰って普通に働き、次々と彼女をつくっているというのに……。

今はもう他の乗員達も『女神の御業《みわざ》』のことは知っているから、情報統制のために隔離する必要はあまりないんだけどね。

でも、サブマシンガンの威力を見たのはあの連中だけだし、国としては『捕らえた、侵略者達』というものの存在が必要らしいから……。

そりゃ、『侵略者全員が、今は自国民として働いています』っていうのも、対外的にはちょっとアレか。敵の親玉と部下数人くらいは、捕らえておきたいよねぇ。

そして、商人の家族にはお金も名誉も何も与えられない、と聞いた乗員達は、快哉《かいさい》の叫びを上げた。

うん、ま、そりゃそうか。

一攫千金《いっかくせんきん》を狙って国王に取り入り、賄賂以外のお金は使わずに無料で船と乗員を貸与されて無謀な探検航海に。

そりゃ、商人はいいだろう。成功すれば栄誉と地位と莫大《ばくだい》な財宝と利権が自分の物になるのだから。……失敗して死ねば終わりだけどね。

でも、乗員達は軍の任務として従事しているだけだから、探検が成功しても、別に何かが貰えるわけじゃない。まぁ、あの航海の乗員のひとりだった、と家族や孫に自慢できる程度だ。

……そして、死ねば終わり。栄誉も、家族に自慢できることもなく、ただ異国の海で野垂れ死にするだけ。馬鹿な商人の野望に巻き込まれて……。

そして現在、死にはしなかったものの、二度と祖国に帰れぬ身となって、家族や恋人とは永遠の別れに。

それも、調子に乗った商人が『総督』などと自称して、勝手にこの地の領有宣言やら宣戦布告に等しい言動やらをやらかしたせいで……。

そりゃあ、怨《うら》み魔太郎、いやいや、恨《うら》み骨髄、だろうからねぇ。自分達の手柄が商人のものになるのは我慢できないだろうから、快哉の叫びが出るのも無理はないか。

ま、本人は王都の地下牢だから……、って、あれ、みんながちょっと気まずそうな……。

ああ、連想ゲームで、あの商人と一緒に地下牢にいる仲間達のことを考えたか。

確かに、たまたま上陸チームに選ばれたというだけで、みんなと同じ、仲間だもんねぇ。

私がさっき考えていたのと同じように、『運が悪かっただけの、気の毒な仲間達』と思えば、今の自分達の幸運な状況と比較して、気の毒というか、申し訳ない、というような気持ちになるのも無理はないか。

……でも、だからといって、私達にどうこう言えるような立場じゃないことくらいは充分承知しているだろうし、政治的に『人身御供《ひとみごくう》』が何人か必要だということくらい、理解しているだろう。

多分、仲間内でも『あいつらを何とかしてもらえないか』という話題は出たに違いない。世話になった上官、可愛がっていた部下や後輩、そして仲の良かった親友とかもいただろうから……。

でも、頭のいい者達が、ちゃんと説明してあきらめさせたのだろう。『じゃあ、お前が交替して、代わりに地下牢に入ってやるのか？』とか言って。

人生に必要なのは、努力と、運。

特に、兵士に必要なのは、運。

今は、不運を乗り越えて自分達が摑《つか》んだ幸運を嚙《か》みしめて欲しい。

いつまた自分の手からすり抜けるかは分からないけれど、とりあえず今は自分の手の中にある、その幸運を……。

＊　　＊

「……というわけです」

「うむ……」

海戦から10日後。

そしてここは、王宮の一室。

日が空いた理由は、ボーゼス伯爵領からの移動に時間が掛かった、ということにしてある。

『渡り』はそう何度も連続して使えるわけではない、ということで。

というか、普通、移動にそれくらいかかるのは当たり前だから、こちらからは何も言わなくても、そんなこと聞かれもしなかったけどね。

割と小さな部屋で、列席者は私、王様、宰相様、アイブリンガー侯爵様、王太子殿下、一の姫様、三の姫様ことサビーネちゃんの、7人。ボーゼス伯爵は、領地にいるため不参加。

……いや、王太子殿下は分かる。将来のための勉強という意味もあるし、もし万一王様が怪我や病気になった場合のことを考えれば、国の次席者が全てを把握しておくことには意味がある。

でも、一の姫様とサビーネちゃん、キミタチは何のためにいるの？　一応、これは国家の重要機密、極秘会談なんだよね？

私の報告を聞いても、王様が『ミツハの生命力が〜』とか言って騒がないのは、事前に参戦の許可を貰った時に『それは、この国の貴族としての義務ですから』と言って説明して、納得してもらったからだ。

……でも、本当のところは、その場に立ち会っていたサビーネちゃんがそれに対して何も反応しなかったからだろうな……。

うん、サビーネちゃんが、そんなの許容するわけがない。

だから、多分王様には大体バレてると思う。……勿論、宰相様にも、アイブリンガー侯爵様にも……。

でも、誰もそれには突っ込まない。公《おおやけ》になったら、貴族連中や大商人達が大騒ぎするのが分かってるからねぇ。

「では、当方に被害はないものの、かなりの弾薬を消耗した、と……」

「はい。でも、充分それに見合うだけの成果がありました。一度も実戦を経験していない戦闘艦など、張り子の虎ですからね。実戦証明《コンバット・プルーフ》は必要ですから」

うん、砲撃のタイミングについて事前にみっちり教育しておいた者達を、それぞれの船に数名ずつ配置して、鬼教官役《元乗員》に実地指導してもらったんだ。これが今回の一番大きな成果だろう。

……勿論、揺れる艦内で、暴発事故を起こさないギリギリの速さで火薬と砲弾の装填作業を行うとか、その他にも様々な経験を積ませることができた。

今回は敵弾が命中する危険は少なかったけれど、装填作業で手を潰したり、暴発で吹き飛んだりする事故は珍しくもない。戦場に出る船に、『絶対安全』なんてことはあり得ない。

「とにかく、敵味方それぞれ30隻前後、合計60隻以上による砲撃戦です。うちは戦果はあまり気にせずに比較的安全な位置から撃っていただけですけど……。

そしてそれも、両国が本気になっての最終決戦、とかではなく、ただの限定的な小競り合いに過ぎません」

「拿捕艦の1・6倍の砲数を持つ船が30隻ずつで、小競り合い、か……」

まぁ、1・6倍の砲数とは言っても、参加艦艇のうち最新・最大の艦は、だけどね。

中には、40門艦だとか、32門艦とかも交じってたけど、余計な事は言わなくていいか。

今、強調すべきなのは、『敵は強大』、『でも、まだ時間はある』ってことだ。

この大陸の国々が、力を合わせれば。

そして数年以内、遅くとも10年以内に、超長距離航海をしてきて疲弊した敵艦隊を叩《たた》きのめし、一隻も母国に帰還できないようにできるだけの戦力を用意する。

……たとえ、その時に私がいなくても。

試作小型帆船の建造を経て、現在建造されているのは、拿捕艦のコピーだ。

やはり、経験のない者達が作るのならば、現物見本があるのをそのまま真似るのが一番早い。

なので、船体はそのままコピー。帆に関しては、最新のデザインを取り入れて、材質も最良のものを使うため、地球で発注する。

帆船は、帆が命。船型がほぼ同じであれば、帆の性能が運動性能に大きく影響する。

勿論、地球産の帆を使うのは、最初の一隻だけ。二番艦からは、この国で作るようにする。デザインは一番艦のを丸パクリで。

純国産にしないと、意味がない。最初だけは、ちょっと心配だから地球産にするけれど……。

また、船体設計がある程度出来たところで、地球の専門家に依頼して、強度とかが大丈夫か確認してもらおうと考えている。

どこかの国の政府経由でお願いすれば、何とかなるだろう。

そして、それだけでは新大陸の国々の艦には到底太刀打ちできないので、武装で勝負する。

旋回砲塔なんか、夢のまた夢。造るどころか、旋回させる動力すらない。

なので当然、固定砲。

但し、後装式にして口径の増大を図り、椎《しい》の実形砲弾にして、旋条砲《ライフルほう》に。

そして使用弾種は、主に榴弾《りゅうだん》。木造艦に、徹甲弾は必要ないだろう。

……世の中には、一粒で3度美味しい、徹甲炸裂焼《さくれつしょう》夷弾《いだん》とかいうものが存在するらしいけれど、それはいささかオーバースペックだ。

これで、アウトレンジからのタコ殴り。

接近されたところで、近距離での殴り合いでも負けるとは思えない。砲数で劣っても、命中率と破壊力が桁違いなら、勝負にならないだろう。

多分、相手の隻数の3分の1もあれば完勝だろう。

そして、大艦隊を引き連れてくるには、ここ、旧大陸と新大陸の距離は、あまりにも遠い。

迎撃専門で、こちらから侵攻するつもりがないなら、もっと小さな船でもいいんじゃないか、って？

いやいや、明らかに渡洋能力がない艦隊だと、舐《な》められるからね。

自分達はいつでも攻撃に行けるけれど、相手側は自分達のところには来られない、なんて、馬鹿にされるに決まってる。

だから、『こっちも、いつでもてめーのところへ行って軍艦も商船も壊滅させて、艦砲射撃で港町を火の海にできるんだぜ？』っていうことを教えてやらなくちゃ。

そのためには、40門艦くらいの大きさは必要だろう。

なので、この40門艦を、うちの国の標準艦1号タイプとする。

後に、使い勝手のいい小型艦も考えよう。

標準艦方式は、設計技術の進歩を阻害するけれど、うちの国は到底そんなレベルじゃない。

更に優れた艦の設計が独自にできるなんて、ずっと先の話だから、関係ないよ。

今は、それよりも標準化による同一性能の艦の量産で、建造の効率化、艦隊行動のし易《やす》さ、水兵がどの艦に乗り換えても最初から即戦力、その他様々なメリットの方が、ずっと重要だ。

標準艦1号タイプ、って長いし語感が硬いから、艦型名を考えるか……。

帆船。

決して沈まない、不沈艦。

それにふさわしい艦型名は……。

……よし、『スタン級』だ！

そして一番艦の名前は、これしかない！

スタン帆船、『ウエスタンラリアット号』！

後に造る予定の、小型艦に大口径砲を積んだ砲艦は、『ハルク級』でいいか。

一番艦は、勿論、ハルク砲艦、『アックスボンバー号』だ。異論は認めない！

まぁ、とにかく、最悪の事態に備えての海軍軍拡だけど、その最悪の事態、『戦い』そのものを回避すべく行動しているのが、新大陸における私の『なんちゃって王女（仮）』作戦だ。

レフィリア貿易や周辺国の提携店、貴族の少女達の集い『ソサエティー』とかも、全部その作戦の一環。

戦いは、情報の入手と、情報の操作が大事だ。

文章にすると僅か数行に過ぎない情報が、１万人の兵士の死闘よりも大きな成果を挙げることがある。

費用対効果が非常にいいのが、情報戦だ。必要な情報を入手するのも、欺瞞《ぎまん》情報を流布《るふ》して敵を混乱させるのも……。

「……そろそろいいかな？」

「え、何が？」

急に聞かれたので、アイブリンガー侯爵様に思わず少々失礼な返事をしてしまった。

いや、仕方ないよね、そういうのって！　急に聞く方が悪いよね！

「妄想タイムを終えて、話の続きをすることだが……」

「あ、ハイ……」

＊　　＊

そして、色々なお話をして、会談は終了。

まぁ、今回は私からの報告が目的であって、何かを相談して決める、っていうようなものじゃないし、身内だけの……国王陛下、王太子殿下、王女殿下達を『身内』呼ばわり、というのもアレだけど……、まぁ、気心の知れた仲間内での情報共有、という場だから、意見の食い違いだとか揉《も》めるだとかいう話じゃないので、簡単に終わるのは当然だ。

この情報を元にした検討会や会議は、また後日開かれるのだろう。

勿論、それは国の偉い人達の間でのことであって、私には関係ないよ、うん。

新大陸の方は、しばらくそっとしておくか。

ヴァネル王国は、今、騒がしいからなぁ。

騒ぎが収まるまで、あっちはしばらく放置して、軍部や王宮、そして社交界が落ち着くまで待つか……。

あ、勿論、レフィリア貿易や周辺国の提携店への商品の納入や、『ソサエティー』のお茶会とかは続けるよ。私の個人的な事情で、他の人に迷惑をかけるわけにはいかないからね。

義務は、ちゃんと果たさなきゃ。

そして、新大陸《むこう》にかかる労力が減った、今のうちに……。

そう、領地のことをやらなくちゃ。

本当ならば、領地の発展、領民の幸せを第一に考えなきゃならないのに、この国のこと、新大陸のこと、日本の実家関係、ウルフファング関連、そして地球の各国のことと、色々と手が広がり過ぎて、領地のことにあまり手が回っていないのだ。

これでは、領民のみんなに申し訳が立たないよ。

というわけで、これからは領地経営の時間だだだ!!


……そんなふうに考えていた時期が、私にもありました……。

書き下ろし1　ヤマノミツハは何処《いずこ》にありや？　全世界は知らんと欲《ほっ》す

「……もう！　ミツハは、いったいどこへ行ってるのよ！」

ベアトリスは、お冠《かんむり》であった。

せっかく、『ベアトリス商会の商会主』という美味《おい》しい役職を手に入れ、形式だけとはいえ奇岩島とそこにある商館を自分の支配下に置き、ヤマノ子爵家領地邸の一室を実質的な滞在場所として、ミツハと一緒に色々と楽しいことができると思っていたのに、ミツハがずっと不在なのである。

そのため、ベアトリスは御機嫌斜めなのであった。

「王都に行ってるわけじゃないのよね？」

「は、はい……」

困ったような顔で、そう答えるコレット。

ミツハとは気軽に話すコレットも、さすがに自分が生まれ育った村の領主様の御令嬢に対しては、ビビりまくりである。

……いや、これが田舎の村娘が貴族家の御令嬢に話し掛けられた時の、普通の反応である。

ミツハの場合が異常なだけなのである。

しかし、第三王女殿下《サビーネちゃん》とは割と普通に話しているが、コレット的には、そのあたりはどうなっているのか……。

おそらく、コレットにとってサビーネは、『王女殿下』ではなく、『ミツハのお友達』というカテゴリーに入るのであろう。ミツハに友達として紹介されたし、数ヵ月に亘《わた》った旅の仲間でもある。

そしてベアトリスは、あくまでも『領主様の、御令嬢』。

一緒に冒険の旅をしたわけではないし、友達になったわけでもない。

……それは、仕方ないであろう……。

だが、コレットがミツハや領地邸に遊びに来たサビーネ……どうしてサビーネがあんなに頻繁《ひんぱん》にここへ来られるのかは不思議に思っているが……と仲良く話しているのを何度も見ているベアトリスは、自分もそこに交じって一緒に、と思っているのであるが、自分が近付くとコレットが固まり、スッとその場から離れるため、何だか自分がコレットを追い払って割り込んだような気がして、居づらくなってしまうのである。

これは、ミツハがサビーネの時のように、ちゃんと友達としての紹介をしていないのが原因である。

なのでベアトリスは、コレットにとってはあくまでも『御主人様の邸への来客である、伯爵家御令嬢』であり、平民として貴族に対する態度を取るしかないのであった。

しかしベアトリスは、自領の村娘としてのコレットには一度も会ったことがない。

初対面は、既にコレットがヤマノ子爵家の次席、家臣見習いになった後である。

……家臣見習いなのに、領主に次ぐ、第2席。

ベアトリス自身は、母親とふたりの兄がいるため、ボーゼス家の第5席である。

そこだけを見れば、何だかベアトリスより偉いような気がしないでもない。

執事のアントン、ヴィレム、ミリアム達、他の首脳陣は、あくまでも参謀役、幕僚陣である。

なので指揮官を補佐するのが役目であり、本人に指揮権はない。

そのため、ミツハがいない間は、ミツハが次席指揮官として指定したコレットがヤマノ子爵領の指揮官代行、意志決定権者となる。

……勿論《もちろん》、他の参謀役が補佐するが、地球の武器やウルフファングの存在、ミツハの能力の詳細を熟知しており、ミツハが戻ればどこまでの無茶ができるかを理解し、そしてミツハを裏切るくらいならば死を選ぶであろうコレット以上に、ミツハが信頼できる者はいなかった。

……死を選ばせる《そんな》ことなど、ミツハが絶対に許容しないが……。

とにかく、ベアトリスにとって、コレットはヤマノ子爵家のナンバーツー、現時点における唯一の指揮官代行者にして、領主《ミツハ》の留守を預かる家令《ランド・スチュワード》をも兼ねる人物なのである。

……勿論、実務は幕僚陣に丸投げであるが……。

10歳前後の少女が指揮官代行兼家令《ランド・スチュワード》というのはどうかとは思われるが、領主本人が12〜13歳に見える少女であるという時点で、もうそんなことはどうでもよかった。

そういうわけで、コレットはもう少しベアトリスと普通に……子供同士の、ではなく、貴族と他家の次席指揮官として……会話してもよいのであるが、さすがに、『元、自分の村の領主様の御令嬢』と『元、ただの村娘』では、そんなに急に認識を変えることはできないようである。

……そして更に、コレットがベアトリスと話しづらい理由。

それは、ベアトリスがミツハの転移能力に関して本当のことを教えられていない、ということである。

転移《ワタリ》がミツハの身体《からだ》に及ぼす影響は殆《ほとん》どないこと、王都と領地、そして『にほん』や新大陸としょっちゅう行き来していること、神兵様達《ウルフファング》を簡単に呼べること、その他諸々を内緒にしていては、ベアトリスと話せる共通の話題が、殆どなくなる。

そして、3人の会話によく出てくる、あの『ビッグ・ローリー』での数ヵ月に亘る条約締結根回しの旅でのことや、『にほん』、新大陸での出来事。

……それらに全く触れないように会話するのは、かなり厳しいであろう……。

今の状況で、コレットとベアトリスに共通する話題など、そんなにあるものではない。

そう、元々、伯爵家の御令嬢と元田舎の村娘とが話せる話題など、殆どなかったのである。

そしてベアトリスは、昔からの友人であるサビーネをミツハに、そしてミツハをサビーネに取られたような気がして少し不満であったのに、今また、そのふたりをコレットに取られたような気がして、かなりキていた。

だが、ベアトリスは誇り高き貴族の娘であり、頭が良く、そして優しく、公明正大な少女であった。なので善人であることを知っているコレットに対して苛《いじ》めや嫌がらせをすることなどなく、かといって自分から『貴族と平民の垣根を越えたお付き合いを』などと言い出すこともできず、コレットと仲良くしたい、そしてミツハとサビーネ殿下と４人で、更にメイド少女隊プラス幼女《リア》とも一緒に楽しく遊びたい、と思いながら、悶々《もんもん》とした日々を過ごしているのであった。
また、コレットの方も、ベアトリスと仲良くしたい、と思っていた。
王女殿下《サビーネちゃん》と仲良くなれたのだから、伯爵家御令嬢であるくらい、大した問題ではない。
おそらくそう考えているのであろうが、しかしそれは、平民《じぶん》から言い出してよいことではなかっ
た。……決して‼
それはあくまでも、双方に対して絶対的な影響力を持つミツハの仲介があり、そして双方がそれ
に納得した場合にのみ許されることである。
でないと、平民がいきなり、貴族の御令嬢に対して馴《な》れ馴れしくタメ口《ぐち》で話し掛けたりすれば、
下手をすれば無礼討ちか奴隷落ちである。

……まあ、ボーゼス家であればそんなことにはならないと思われるが、それはあくまでも『ボー
ゼス家であれば』であり、『思われる』という程度である。それを信じて自分と家族の命を危険に
晒《さら》すような平民はいない。……たとえ、10歳前後の子供であっても。

なので、今のコレットとしては、ベアトリスに気軽に話し掛けるわけにはいかない。
全ては、そのあたりを配慮して両者をちゃんと紹介し、『ふたりとも、私のお友達として仲良く

してね』と言って取り持つことをしなかった、ミツハのせいである。

ミツハは、自分が最初からベアトリスともサビーネとも普通に友達付き合いであったため、そしてコレットが自分やサビーネとすぐに馴染《なじ》んだため、分かっていなかったのである。

普通の村娘が、貴族に対して普通はどういう接し方をするものかということを……。

そしてコレットとサビーネは、初対面の時にミツハがちゃんと仲介したし、出会いが条約締結根回しの旅の時であり、いきなり3人で数ヵ月の旅、という特殊なシチュエーションであったこととかも……。


「そういえば、コレット、あなたも時々、いなくなるわよね。それも、数日間に亘って……」

ぎくり！

「そして、ミツハだけがいない時、ふたりともいない時はあるけれど、ミツハがいてコレットだけがいない時、というのは一度もなかった……」

ぎくぎく!!

「あ、あの、それは、ミツハ様が邸に御滞在中に私が不在にするわけにはいかないので、私はミツハ様が御不在の時にしか遠くへは出掛けませんので……。

そして私は、各村々に泊まり掛けの視察に行ったり、実家に帰省したりしますので……」

トップと次席が両方いなくなるより、どちらか片方が残っていた方がいい。

なので、ふたり一緒に行動するのでないならば、不在にするのは互いに別の日にした方が良いた

め、コレットのその言い分は少しおかしい。

しかし、コレットと同じく『ミツハと一緒にいたい』と考えるベアトリスは、コレットのその説明には何の疑問も抱かなかったようである。

「ああ、そういえば、コレットの実家までは徒歩で半日、とか言ってたわね……」

それは、ミツハから聞いた話である。コレットとは、そんな個人的な話をするような間柄ではない。

そして、コレットの帰省時にはミツハが転移で送り迎えするため、実際には所要時間はゼロである。

……ちなみに、ベアトリスの実家との距離も、同じくここから徒歩半日くらいである。共に、コレットの村とボーゼス領の領都（さほど大きくはない、普通の町）の距離よりも近い。

勿論、ベアトリスは護衛付きの馬車で移動するので、ミツハが領境までの道を整備している今、ここからボーゼス邸まではほんの数時間で済む。

護衛達は、ベアトリスがこちらへ来る時についてきた、ボーゼス伯爵領の兵士達である。

ベアトリスが実家に戻るまではヤマノ子爵邸に滞在し、自分達の鍛錬やヤマノ子爵領軍の訓練指導、学校で子供達に兵士としての仕事についてや若い頃の冒険譚《ぼうけんたん》や苦労話、失敗話等を話してくれたり、暇潰しに老夫婦が住む家の雑事を手伝ってやったり、農村や山村に出掛けて力仕事を手伝ったりと、好き放題やっている。

そして、村人や子供達に尊敬され、領主邸で出される美味しい料理をたらふく食べて、３日に一度は酒まで出る。……全て無料で。

なのでで、ベアトリスの護衛役は、兵士達の間で奪い合いとなっていた。

「まあ、たかが数日じゃあ、王都へは行けないわよね……」

ミツハの転移《ワタリ》やり放題を知らないベアトリスには、まさかミツハやコレット、そしてサビーネが領地、王都、日本、そして新大陸をびゅんびゅんと飛び回っているなどということは、想像の埒外《らちがい》であった。……そもそも、日本や新大陸など、その存在すら知らない。

「うむむ……」

ベアトリスは、考え込んだ。

ミツハと、もっと一緒にいたい。……できれば、ふたりきりでゆっくり話す時間がたくさん欲しい。そして、コレットとの仲を取り持ってくれるよう、それとなく頼み、ミツハ・コレット・サビーネ殿下の輪っかに、自分も入れるように……。

そのためには、どうすれば……。

（……そうだ！　次の王都への輸送隊、『ボーゼス伯爵領第二次輸送商隊』に、私が指揮官として参加すれば！

私はボーゼス家の娘なのだから、指揮官になる資格は充分にあるはず。そして、私が行くとなれば、お父様は必ず、『絶対安全であることの保障』を求める……。

なので、普通であれば、絶対に許可されない。

……でも、そこに『ミツハ』という存在が加われば？

お父様は、兄様や私がミツハと親密になることを望んでいる。そしてミツハには、万一の時には私を連れて脱出できる秘術がある。護衛の手に余る盗賊や魔物に襲われても、絶対に安全確実に逃げ出せる方法が……。

勿論、それはミツハの生命力を削る『禁じ手』だけど、そもそも、護衛の手に余る盗賊や魔物に襲われる確率は、1万分の1もない。それは『あり得ない』として無視してもいい数値だ。

それに、ボーゼス伯爵領旗とヤマノ子爵領旗を掲げた商隊を襲う盗賊なんかいないし、ここと王都を結ぶ街道上には、はぐれゴブリンかコボルトくらいしか出ない。だから、ミツハが秘術を使うことは、まず無いし、それでも守り札として私の絶対の安全を保障してくれる。

よし、行ける！　お父様もお母様も、絶対に許可してくれる‼）

そして、ベアトリスの計画は、着々と進むのであった……。

書き下ろし２　コレット家の人々

「コレット、ちゃんと働いて、ミツハちゃんのお役に立ててるかなぁ……」

「まだ、見習いなんでしょう？　今はまだ勉強している時期で、お役に立てるのはもっと先の話でしょ」

コレットの両親、トビアスとエリーヌが、そんなことを話していた。

ふたりともあまり騒がしい性格ではないため、元気で明るいコレットがいないと、家が静か……というか、何だか火が消えたようになってしまっている。

しかし、コレットの不在は悪い理由ではなく、それどころか隣領の領主様にして救国の大英雄、そしてコレットとは命を助け、助けられた仲である大親友の『雷《いかずち》の姫巫女《ひめみこ》様』ことヤマノ女子爵閣下に家臣候補として請われての出仕である。

それは、田舎村の子供にとっては、考えられないくらいの大出世である。

ほぼ、突然現れた白馬の騎士に『実は、あなたは幼い頃に行方不明になった王女様だったのです』と言われたに等しかった。

「しかし、まさかコレットが……、というより、まさかミツハちゃんが貴族になるなんてなぁ……。

おまけに、この領地のお隣の領主様になって、コレットを雇ってくれるなんて……。

今でもまだ、信じられないよ……」

「ふふ、私もよ。まさかこんなことになるなんてね……」

そして、互いに見詰め合うふたり。

「コレットは、あなたの血を受け継いで力が強いし……」

「そしてエリーヌ、君の血を受け継いで、聡明《そうめい》で真《ま》っ直《す》ぐな心を持っている……」

「ふふ」

「はは……」

「「あはははは……」」


「あ〜、聞いてらんないわよ！　砂糖吐きそう……」

「いきなり『話しておきたいことがあるから、一度帰って来い』という連絡が来たと思ったら、帰って最初に見せつけられたのが、コレットをネタにしての両親の惚気《のろけ》……。

勘弁してくれよ……」

便数が少なく、数日に一便しかない乗合馬車で同時に帰省するなら、同じ馬車になるのは当然である。そして、ふたり揃《そろ》って実家の玄関ドアを開けた途端両親のラブラブ場面を見せられては、堪《たま》ったものではない。

なので、そう毒づく娘と息子であった。

……そう、コレットには、姉と兄がひとりずついる。

姉は15歳になって成人すると同時に少し離れた村に嫁ぎ、兄は12歳の時からボーゼス領の領都で住み込みで働いている。

そして今日は、父親であるトビアスからの連絡で、久し振りに帰省してきたのであった。

「あれ？　コレットは？」

どうやら、子供達が聞いたのは、最後の惚気の部分だけであったようである。

＊　＊

「ええええええええええ！　コ、コレットが雷の姫巫女様、ヤ、ヤマノ女子爵閣下と友達で、家臣候補として召し抱えられたああああああっっ!!」

愕然《がくぜん》。

呆然《ぼうぜん》。

「お、俺の妹が……」

「わ、私の妹が……」

「「雷の姫巫女様の家臣にいいィ!!」」

もし、働き先にそれを知られたら。

もし、嫁ぎ先にそれを知られたら。

「「ちやほやされて、居心地が悪くなるううぅ～～!!」」

それを利用して、という発想に至らない辺り、この夫婦の子供らしかった……。

15歳になると同時に、少し離れた村へと嫁いだ娘。

12歳で、この領の領都へ働きに出た息子。

共に、現状を維持したいと思う程度には、うまくやっているようであった。

「お義父《とう》さんもお義母《かあ》さんも旦那様も、みんな良い人だけど……、親類縁者がみんな良い人とは限らないし、村長や村の顔役の人達も、悪い人達じゃないんだけど、人間、誰しも魔が差すということはあるからねぇ……」

「こっちも、職場や取引先の人達が『姫巫女様とお近づきになりたい』とか言い出すと困るからなぁ。だから……」

「「何も聞かなかったコトに!!」」

「「そう言うと思った！」」

子供達の反応を予想していたのか、そう言って笑う、トビアスとエリーヌ。

「話を広める必要はないけれど、万一に備えて、一応教えるだけは教えておこうと思ってな。何も知らずにいて、いきなり誰かからコレットに関することで何かを言ってこられたら、話が見えなくて困るだろう？　お前達が何も知らないのをいいことに、騙《だま》されたり勝手な約束をされたりしても困るし……。

だから、知らないよりは知っておいた方が、ずっと安全だからな」

「……まぁ、そりゃそうだけどさ……」

トビアスの説明に、納得するしかない子供達。


コレットは、元気で明るい子供であった。

両親と、姉と、兄。

村には年齢の近い子供がいなかったため、両親が働いている間は姉と兄が面倒を見たり遊んだりしてくれていたが、姉が嫁ぎ、ほぼ同時に兄も領都へ働きに出た。

兄は、そのまま領都に住み着くのか、いつか村へ戻って家を継ぐのか……。

とにかく、ほぼ同時に姉と兄がいなくなり、寂しくて仕方ないところに現れたのが、ミツハであった。

……それは、執着しても仕方ないであろう。

しかも、死にそうになっているところを自分が見つけ、助けて村へと連れ込んだ少女である。

そして、命懸けで狼《おおかみ》の群れから自分を助けてくれた。

これで、懐かないわけがなかった。

しかし、まさか相手が貴族だった……、いや、その後貴族になろうとは……。

しかも、救国の大英雄にして、御使《みつか》い様である。

「……で、どれくらい知られてるのかな、コレットのことは……」

息子の問いに、トビアスが考え込みながら答えた。

「う～ん、まず、村の者達は全員が知っているな。

コレットが行き倒れの少女を助けて、次にコレットを助けるために狼の群れと戦って殲滅《せんめつ》、大怪我をしたなんて大事件、知らない者がいるわけないだろう。

周辺の村……お前のところにも伝わってるよな？」

トビアスにそう尋ねられ、こくりと頷《うなず》く娘。

「そして、その後コレットが家臣候補として迎えられたということは、村の者達は勿論《もちろん》全員が知っているが、他の村には知られないようにと、村長が皆に口止めした。

……理由は分かるな？」

こくりと頷く、子供達。

そんなのは、馬鹿でも分かる。

嫉妬する者、自分も雇ってもらえるよう口利きを頼む者、そしてトビアス家に高額の支度金が入ったのではないかと考える者……。

皆が家族同然であり、誰かを裏切るなどという発想がないこの村の中だけであれば問題ないが、他の村が絡むと、隣領の領主様との縁ができたこの村自体を妬み、敵視される可能性がある。

「そしてこの村の者達が、ミツハが実は『救国の大英雄である、御使い様』だということを王都から来た商人によって知らされたのは、それからしばらく経ってからだ。

なので、この村の者と、そして領主様は全てをご存じだけど、今現在ヤマノ子爵家にいる家臣候補の見習いの少女がこの村出身の者だと知っている者は、それ以外にはミツハちゃんとその配下の人達しかいないだろう。

普通、家臣や使用人は自分の領地の者か王都の能力が高い者を雇うだろうからなぁ。

少なくとも、隣の領地のただの村娘を採用したりはしないだろうから、誰もそんなことは思い付きもしないだろう。だから、コレットを見た人がこの村との関係に気付くとは思えない」

「そりゃそーだ……」

トビアスと息子の言葉に、娘も納得して、うんうんと頷いている。

「まぁ、わざわざ隠す程のことじゃないが、触れて廻《まわ》ることもない、ってとこだな」

「「………………」」


学校に行っていたわけではないから、そんなにたくさんの知識があるわけではないが、コレットは決して愚かな少女ではなかった。

好奇心旺盛、物怖じせずに何にでも興味を持ち、……そして突っ走る。

コレットの、知り得た情報から最適解を導き出す能力は、充分『聡明』という言葉に値した。

元気で可愛い、自慢の娘、自慢の妹。

しかし、いくら聡明であっても、所詮はただの田舎の村娘である。

普通に育ち、普通にこの村か近くの村の男と結婚し、普通の村人として生涯を終える。

それが、田舎村の平民として生まれた者の定め。

……しかし、絡み合う運命の糸の悪戯《いたずら》か、小さな村を飛び出すチャンスを得たコレット。

とりあえずは、新興子爵家の家臣候補にして、御使い様の大親友に。

そして、その先は……。

「どこまで行くのかしら、あの子……」

ぽつりと呟《つぶや》いたエリーヌの言葉に、トビアスと子供達の言葉が続いた。

「コレットが行くなら、多分……」

「どこまでも……」

「「「行けるとこまで!!」」」


「でも、あの子、あなた譲りのあの怪力で子爵家の高そうな家具やら食器やらを壊していないか、心配だわ……」

「それに、興奮すると、抱き付いて人の背骨を折りに来るからなぁ。被害者が出ていなきゃいいけど。ミツハちゃんとかに……」

しかし、エリーヌとトビアスの少し心配そうな言葉は、息子によって払拭《ふっしょく》された。

「女神の御寵愛《ごちょうあい》を受けた御使い様なんだから、背骨くらい折れてもすぐ治るんじゃね？」

「「「なる程!!」」」

確かに、折れた骨や切れた神経、血管、筋肉等をくっつけて修復するだけであれば、手足の欠損とかで『ない部分を、無から創り出す』というようなこと程の大変さはないため、ひと晩寝れば何とかなりそうではある。

……しかしそれはミツハ限定であり、他の者であれば大事《おおごと》になるであろう。

まぁ、コレットがそうそう家族やミツハ以外の者に全力で抱き付くとは思えないし、相手が大人であれば、さすがに少し痛がる程度で済むであろう……。

「それと、最近この村のことを『コレット村』と呼ぶ者が増えてきてな……。

周辺の村だけでなく、領都やら他領の者達、そして王都から来た者とかも、そう呼ぶ者が増えているらしい」

「え、それって……」

「ミツハちゃんの仕業だな、おそらく……。余計なことをすると、家臣候補の名前との関連性に気付く者が……、って、それはないか！

自分の家の使用人の名を他領の村の名にする……というか、できる、その領地の領主様より格下の貴族なんか存在しないし、そもそもこの村にはちゃんとした名前がある。

それに、自分の村の名を娘に名付ける親もいないだろうからなぁ。却って、この村とは無関係であることの証拠になるか……」

そこまで喋《しゃべ》って、なぜか急に肩を落としたトビアス。

「……そして村の連中、うちのことは『コレット家』とか、『コレットちゃん家《ち》』って呼んでいるんだ。

もう既に、この家のことを俺の名で呼ぶヤツは、誰もいないんだ……」

そう言って、少し黄昏《たそが》れた様子のトビアスであった……。

書き下ろし３　淑女教育

「……姉様、どうしてそんなにがさつなの？」

　ある日、サビーネちゃんにそんな暴言を吐かれた。

「何を言い出すのよ、突然……」

　そう。雑貨屋ミツハの３階、私の私室で普通に話していたというのに、少し会話が途切れたかと思ったら、サビーネちゃんが突然そんなことを口にしたのだ。

「実は、前から思っていたんだよね……」

「そんな失礼なこと、以前から思っていたんか〜〜い！」

　いかん。かなり馬鹿にされているぞ……。

「公式の場や、私達だけでの食事の時とか、全て引っくるめて、……がさつだよね？　ダンスも踊れないし、細かい動作も洗練されていないよね？」

「うっ！」

「いや、一応は、それっぽくはできてるよね。平民だとは思われない程度には……。でも、明らかに真面目《まじめ》に練習してないよね、淑女教育……」

「ううっ……」

そりゃそうだよ。私は生粋《きっすい》の平民、平民中の平民、平民のサラブレッドだ。

勿論《もちろん》、淑女教育なんか受けていない。私がやっているのは、漫画や小説、アニメや映画、海外ドラマとかで観《み》たやつや、ネットで調べたのを真似《まね》ているだけだ。

「細かい部分ではこのやり方とは違っているだろうけど、それはみんな私の母国でのやり方なのだろうと思って、スルーしてくれていると……」

「そういう問題じゃないよ。やり方の差異じゃなくて、何て言うかな、所作に優雅さがないというか、指先まで意識して動かしていないというか……。

体幹がしっかりしていないし、姿勢も悪い。

言葉で相手を叩《たた》き潰《つぶ》すのは得意だけど、口先だけでうまく躱《かわ》して相手を翻弄するというテクニックはあまりない。馬に乗れないし、武術の心得もない。

まぁ、姉様の国では銃を使うから、体術や短剣術とかの護身術は必要ないのかもしれないけど。

……そして、聞いたよ？　音楽関連、壊滅だって？」

「ぐはぁ！」

「姉様、王族だよね？　どうしてちゃんとした淑女教育を受けていないの？

身分が低い側妃が生んだとか、平民である愛人の子とかじゃないのでしょう？

それに、その知識と教養、傷ひとつない綺麗《きれい》な肌。……塔に閉じ込められていたり、虐待されていたりしたわけじゃないよね？」

「う、うん……。普通に、両親や兄弟とは仲良くしてたけど……」

やけにデリケートなところを攻めてくるなぁ、サビーネちゃん……。

普段のサビーネちゃんなら、他人のそういう部分をしつこく追及したりはしないのに……。

「じゃあ、どうしてそんなに淑女教育を受けてないのよっ‼」

あ……。

これ、私のことを心配してくれているんだ……。

「そんなのじゃ、まともに結婚できないよっ！

……いえ、『雷の姫巫女様《いかずちひめみこ》』、『大国の王姉殿下』、そして『ヤマノ女子爵』と結婚したいという男性はたくさんいるから、結婚はできるだろうけど……、パーティーやら晩餐会《ばんさんかい》やらで、馬鹿にされるよ！　マナーも知らない、異国の蛮族の娘、って……。

いや、そりゃ姉様に面と向かってそう言う者はいないだろうけど、姉様は一部の女性達からは妬まれているからねぇ。社交界の女性達には、表の顔と裏の顔があるから……」

「いや、サビーネちゃん、まだデビューしていないよね、社交界……。

なのに、どうしてそんなに詳しいのよ！」

「そんなの、常識だよ！　姉様こそ、どうしてそんな基本的なことを知らないのよ‼」

……あ。サビーネちゃん、本当に怒ってる。

ということは、そこまで心配されるようなことなんだ、これって……。

こりゃイカン！

……というわけで、始まりました、淑女訓練（短期特訓版）。

仲間を作るため……、いやいや、本人の将来のために、コレットちゃんも引き込んで、ふたり一緒に。

「はい、そこでターン！　指先までちゃんと意識して！」

教師は、サビーネちゃんじゃない。ちゃんとした、専門家だ。

サビーネちゃんの教育を担当した人らしい。サビーネちゃんが王宮から連れてきた。

……まさかサビーネちゃん、自分が受けた苦しみを私にも味あわせようと……。

「私を道連れにしたミツハが、何言ってるのよぉ！」

「……あ、声に出てた？　てへへ……」

コレットちゃん、激おこ。

でも、こんなの、ひとりじゃやってられないよ！

「無駄口を叩かない！　はい、つま先でターン！」

ひ～～ん!!

あとがき

FUNA《ふな》です。

本作のアニメ、TVやネット配信等で、好評放送中です！

拙作のアニメ化は、2019年の秋に放送されました、『私、能力は平均値でって言ったよね！』に続く、2作目です。

……そう、アニメ化されたんですよっ!!

夢見たことはあったけど、まさか本当に、この日がやって来ようとは……。

本作は、書籍化されたのは私の3作品のうちで一番最後でしたが、執筆・発表したのは一番最初、つまり私の処女作になります。

前職は副業禁止だったため、頭の中で空想するだけで、1行も書かずに過ごした、二十数年。

なので、本作は一見『小説家になろう』の影響を強く受けた、俗に言うところの『なろう系』に見えますが、実は『小説家になろう』の影響は全く受けていません。

キャラクターや設定、ストーリーを考えた二十数年前には、『小説家になろう』は、まだ存在していませんでしたので……。

でも、20年以上昔にも、異世界へ転移したり転生したりする物語は、たくさんありました。火星シリーズ（エドガー・ライス・バロウズ）、新火星シリーズ（マイクル・ムアコック）とか、かぐや姫（本人視点では、異世界転生で美女に生まれ変わり、権力者の男達に逆ハーかまして、後に元の世界に戻る）とか……。

なので、SFやファンタジーを読んでいた者にとっては、異世界転移・転生やタイムスリップは昔から馴染《なじ》みのある題材だったのです。

……しかし、昔のそういう作品は、ひとりの人間が着の身着のままで放り出される、というものばかり。

そこで、「仲間達と共に、現代兵器をたっぷり持って行けば……」と思ったら、『戦国自衛隊』があるじゃん！

そして、『戦国の長嶋《ながしま》巨人軍』とかも……。

後者は、自衛隊に体験入隊していた長嶋監督率いる巨人軍が、戦車や武器・弾薬と共に戦国時代に転移するという……。

確かに、巨人『軍』だよなぁ……。

……勝てん！　志茂田景樹《しもだかげき》先生には、絶対に勝てん!!

そもそも、巨人軍の許可が取れん……。

そういうわけで、『なろう系』とは全く関係なく生まれた本作ですが、……まぁ、『小説家になろう』で日の目を見るべく運命付けられた作品であることよのう、と……。

そして更に、２０２３年2月に、拙作『ポーション頼みで生き延びます！』のアニメ化が発表されました。

……3打数3ホームラン。

マジか……。

残弾、ゼロ。

もう、『いつか、書籍化の打診が来るかも』とか、『いつか、アニメ化のお話が来るかも』と、わくわくしながら待っているという楽しみがなくなった……。

……ってどんだけ贅沢《ぜいたく》な愚痴やねん！

そういうわけで、今年は私の人生のピークを迎えます。

もう、一生分の運は使い果たした!!

しかし、アニメの放映が終わっても、ミツハやカオルの物語は、まだ続くのだ！

アニメの2期、3期が作られるよう、期待しながら……。

そして、目指せゲーム化、劇場版！　ハリウッドの実写映画化まで!!